花開小路三丁目北角的小昴

小路幸也——著
吳季倫——譯

CARPORT WH

PARKING

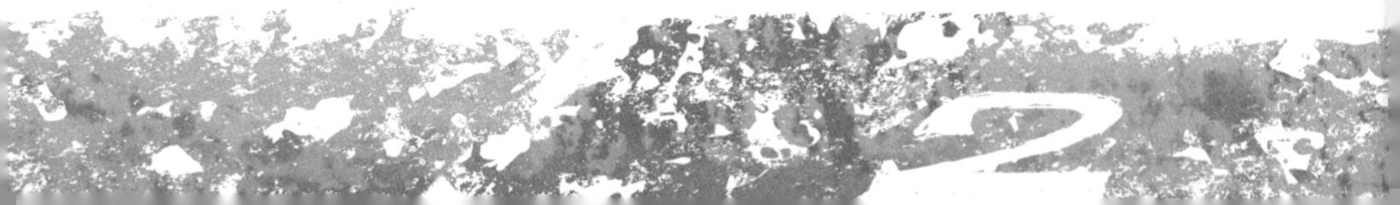

Prologue

畢業典禮。

高中畢業典禮。

我以為會感動得要命，還小小期待了一下，結果根本不是那麼回事。

典禮按照預演流程順利完成。同學回到教室又笑又鬧的，沒有人特別激動，感覺和平常差不多。雖然有幾個女生淚水在眼眶裡打轉，但她們本來就是愛哭鬼，所以其他同學只送去溫暖的目光，心想這幾個果然又哭了。

我們班沒有發生霸凌之類的狀況，大家交情平平淡淡的，或許可以說是泛泛之交吧。我這樣形容絕沒有負面的意思，而且其他班應該和我們一樣。出現在小說、電視劇和電影裡那種同甘共苦的校園友誼描述得太煽情了，在真實世界中大概找不到那種班級……吧。

我們學校的升學率還算不錯，有七成畢業生考上大學，另外兩成去讀專業學校，剩下的一成基於各種因素進入社會就業。繼續升學的同學即將分散各地，大家約好了明年要回來開同學會，聊著聊著逐漸沉浸在離情依依的感傷之中。唯獨我這個決定就業、而且還是留在本地就業的人，實在無法和他們心有戚戚焉。

我上班的地點就在這個小鎮，甚至就在自己家裡。

而且職銜還是董事長。

年僅十八歲，就當上了一人公司的負責人。

大家都稱讚怎麼有長得那麼可愛的老闆呀！可是當老闆和長相根本八竿子打不著。我身高只有一六七公分，身材又瘦，看起來特別可愛，在校慶園遊會以女裝扮相擺攤總是大受歡迎。偷偷說件事，甚至曾有男生向我表白……拜託喔，饒了我吧！

我是個非常普通的男生。從小就天天聽人誇我長得可愛真像女孩，早就練成左耳進右耳出的百毒不侵之體了。我的的確確只是一個平凡的男生。

相貌是與生俱來的，我只能頂著這張可愛的臉蛋活下去，不過身高倒可以盡點努力。我希望至少超過一七〇，這個年紀繼續長高的機率絕對不是零。為了長高，我每天早上一定喝一杯牛奶，儘管心裡明白所謂「喝牛奶會長高」大概只能當做都市傳說看待。

班上同學早就知道我要當停車場管理員，沒人會為此大驚小怪，他們和我約定「等買了車到花開小路商店街逛街時，要停在小昂的停車場！」問題是，我懷疑這個時代到底有幾個人買得起車子呢。

稅務會計師的木村先生時常分享日本經濟景氣動態，所以這方面的資訊我算是稍有涉獵。

所以囉，幾乎不可能有同學開著自己的車子來我這裡停車；就算有，恐怕得等到十幾年後了。

「回來啦？」

「弦爺，我們回來嘍！」

畢業典禮結束，我和瑠夏一起回來。一看見我們的身影，銀髮蓄鬍的弦爺穿著平時的工作服，踏出了雪鐵龍。

他雙手握拳，手裡似乎攢著東西，就這麼伸到我和瑠夏面前然後攤開手掌。

「恭喜畢業。」

弦爺以富有磁性的低沉嗓音給了祝賀，眉頭鎖得緊緊的。一般人一定以為他不高興，只有我看得出來此刻他臉上帶著微笑。我的視線往下移動，想看清楚擱在他掌心的東西。

「超可愛！」

瑠夏大叫著收下弦爺手中的物品。這是……。

「畢業戒指？」

弦爺嘴角上揚，點了頭。國外的學校在學生畢業時會致贈紀念戒指。弦爺送我們的是銀戒指，戒圈上還鑲著碩大的藍色寶石。

「上面還刻了名字！」

瑠夏盯著戒圈內側嚷嚷起來。

「喔，真的耶！」

我們迫不及待細看對方的戒指，內環分別刻著兩人名字的拼音「RUKA」和「SUBARU」，以及今天的日期。

「你們試試，戴在左手無名指上應該正好合適。」

瑠夏訝異地瞪大眼睛，笑嘻嘻地套進自己的手指。

「剛剛好！你呢？」

我也跟著戴上。嗯，剛剛好。兩人戴著同款畢業戒指一起抬起手迎向陽光，漂亮的戒指閃閃發亮。

「弦爺，謝謝您的禮物！可是材料費很貴吧？」

這當然不是買來的，而是弦爺親手打造的。弦爺對我的詢問只搖了頭。

「小孩子用不著擔心那些。這裡交給你看管到中午？」

「可以呀。」

「好，待會兒再換班。」

說完，弦爺邁著古板的步伐走回自己家了。他一直是這樣的。寡言木訥，不善辭令。

「弦爺，謝謝唷！」

瑠夏大喊。弦爺沒有回頭，只揚起右手示意。瑠夏向弦爺揮手道別後，鑽進雪鐵龍駕駛座。

坐上副駕駛座，然後開口說話。應該是在告訴爸爸剛才的事吧。我也跟著上了車，坐進

【恭喜你們畢業了！】

車裡傳來爸爸的聲音。

「謝謝。是爸爸告訴弦爺我們的戒圍吧？」

【對。瑠夏說戒指非常精緻？】

「嗯。」

爸爸自然很清楚我和瑠夏的戒圍。我天天坐在這個位置握方向盤，瑠夏有時也會握一下，爸爸就是由此得知我們的戒圍。包括體重也一樣。前陣子我告訴瑠夏我曉得她的體重喔，馬上挨了爸爸一頓罵，他說怎麼可以透露女生的體重呢。

【對畢業典禮有何感想？】

我回答沒什麼特別的感覺。大家都說買車以後要來這裡停車，我看得等到天荒地老了。爸爸也笑著說是啊。

瑠夏望向擋風玻璃前方的街景。

「這樣吧，你送個紀念品給第一個光顧停車場的同學，如何？」

「那妳也會送個紀念品給第一個光顧田沼當鋪的同學嗎？」

瑠夏也屬於班上少數沒有繼續升學的人。她和我一樣，所謂的工作就是繼承家業。

「呃……」瑠夏想了一下。「我會幫同學祈求千萬別光顧我家。來我家就等於需要借錢呀。」

「向老天爺這樣祈求可就做不成生意嘍。」

「是沒錯啦。」

停車場這門生意簡單易懂，但是當鋪那門生意可就讓人五味雜陳了。尤其瑠夏家真的是那種最典型、最傳統的當鋪。

瑠夏房間下方的那個大庫房裡，存放著歷經田沼家三代陸續收到許許多多顧客寄放的有特殊原因的有價物件，呃，或者稱為流當品。

「維特泊車這個名稱……」瑠夏說，「好像怪怪的耶。」

「怎麼個怪法？」

「我從以前就在想，應該叫做維特停車場或是維特收費停車場才對吧？」

嗯。

「的確。」

泊車就是停車，英文 park 的音譯。

「伯伯，您說是吧？」

瑠夏對著車用音響系統說話。車子並未發動引擎，然而車用收音機的調頻旋鈕那邊卻亮了起來。

【是啊。】車用收音機傳出爸爸的聲音。【可惜我發現的時候你爺爺已經向招牌公司下了訂單，來不及改了。你爺爺的脾氣，一旦下了決定，誰都說不動他。況且我明白他是為了小昴而特地取了一個洋派的名稱，也就不好開口請他改了。】

就是這樣。

爺爺當時為了不久後恐將失去所有家人的我能夠僅憑一個人的力量活下去，於是拆除了自己經營的汽車保養維修廠——「麥屋保修廠」，將這裡改成停車場。

也就是「維特泊車」。

我的姓氏是麥屋。維特二字正是小麥的英文譯音。

這個名稱看似簡單明瞭卻又隱晦難懂、好像新潮時髦其實平淡無奇。爺爺身為汽車維修師傅，雖然修車技術一流，可惜在命名方面沒什麼天分。

遺憾的是，爺爺的預言不幸命中。我在不久後真的失去了所有家人。多虧了這座停車場，才使得變成孤身一人的我在悲傷中不至於驚慌無措。

還有這輛雪鐵龍陪伴我。

「話說回來，沒有人會在意停車場的名稱吧。」

【的確。】

顧客根本不在意停車場叫什麼名稱，也不介意管理員是我這個小毛頭。他們關心的是，還算便宜的停車費，以及開車來花開小路商店街購物吃飯時有這樣一處方便停車的地方。

「你打算一直待在這裡打理停車場嗎？」

瑠夏看著正前方問我。

「暫時是這麼打算。怎麼了？」

這是爺爺經過一番苦心構思之後傳承給我的家業，總不能荒廢了。

「是哦。」

「幹嘛？」

「沒有啦，只是隨口問問你有沒有其他想做的事。」

其實，這件事爸爸問過我了，弦爺也對我說過相同的話。爺爺不在了，爸爸也不在了，自己的未來只能靠自己決定了。令人悲傷的事實是，如果我想繼續讀專業學校或大學，還有爺爺和爸爸的身故保險金足以支應學費。

不過，維特泊車不僅是一座以紅色雪鐵龍廂型車做為立體招牌的停車場，也是花開小路商店街唯一一座特約停車場。爺爺開設這座停車場的時候，商店街上的商家都很高興。

並且，在爺爺和爸爸過世以後，商店街的居民都十分照顧孤苦無依的我。瑠夏的家人總是對我說，就當自己是田沼家的兒子吧。

所以，我覺得留下來不失為一種報恩的方式。

若是日後找到更想做的工作，那就到時候再說吧。

更何況我並不討厭當停車場的管理員。

因為恰好可以利用空閒的時間盡情享受閱讀的樂趣。

一　在汽車後車廂裡的女孩

雪鐵龍的廂型車，型號是ＨＹ。顏色是紅色，沉穩內斂的紅色。

我想，應該很多人曾經看過類似款。這種高車身的車子常被用來當成行動店鋪，例如行動咖啡車、漢堡快餐車或者可麗餅攤車。

這輛雪鐵龍廂型車稱得上是這類車款的開山始祖。

而這裡，就是我家。

沒開玩笑，我真的以車為家，吃住全在這裡。

車裡有床有桌，連廚房都有。唯一缺的是廁所，得去弦爺家借用。

這輛車原本是爺爺奶奶的愛車，一九五〇年代出廠，算起來已經超過六十年了。那時候的爺爺奶奶應該才十幾二十歲吧。聽說是爺爺的父親，也就是我的曾祖父，於第二次世界大戰結束後不久在這個地方開始了販售汽車的事業。

爺爺成為汽車維修師傅之後，將原本的店鋪換上麥屋保修廠的招牌，變成汽車保養維修廠了。至於把這輛雪鐵龍帶來家裡的前一任車主，則是奶奶的父親。

此後，這輛型號HY的雪鐵龍廂型車就一直在我家了。爸爸小時候和我小時候都常搭這輛車到處兜風。後來奶奶過世、媽媽失蹤，再加上爸爸頻繁住院，也就沒機會再搭這輛車出門遊玩了。我們把它停在保修廠的門口並且定期維修保養。

自從爺爺為我將麥屋保修廠改為維特泊車之後，這輛車就放在停車場的入口處，既是立體招牌，也是繳費亭。

「原來是這樣喔……」

四月某一天的早晨八點。

這個時段商店街上的店家還沒開門做生意，「赤坂食堂」的小望哥坐在雪鐵龍的駕駛座上，手指輕敲著方向盤，點了點頭。

「咦，不過……」小望哥接著問說，「問個比較深入的問題可以嗎？」

「可以啊！」

「原本住的房子呢？爺爺去世的時候，你家應該還在這裡吧？」

「在啊，就在這上面。」

「上面？」

我雙手比劃著解釋。

「住的地方在二樓，底下是用來停這輛車的開放式車棚，不過已經很破爛了。」

當時住的房子是把原先保修廠二樓的住家部分保留下來。屋齡有好幾十年了，真的破破爛爛的，不拆掉不行了。我捨不得花那麼多錢改裝，反正只剩下我一個，爺爺也不在人世了。

「既然如此乾脆把整棟房子拆掉，增加停車的空間。」

所以我從此以這輛雪鐵龍為家。就像美國也有人住在露營車上，同樣的道理。

小望哥點頭表示明白了，無意識地隨手拍了拍座椅。

我猜爸爸現在一定眉頭深鎖忍耐著。

爸爸說過，除了我以外的人坐在駕駛座或副駕駛座的時候，彷彿有人坐在他的腿上一樣重得要命。所以弦爺上車時總是坐在後座。

不過爸爸也說了，如果坐在腿上的是女孩子，例如瑠夏，那倒是無妨。想想也是，爸爸大概不會喜歡讓男人坐在自己的腿上，女孩子的話就沒關係。

當然了，爸爸的事不能說出去。
知道這件事的人只有瑠夏和弦爺。
就算說了，也不會有人相信吧。
誰會相信我爸爸死掉以後靈魂還留在這輛雪鐵龍上，並且能夠透過車用收音機的音響喇叭與人交談呢？
小望哥看向車窗外、停車場旁的那幢老木屋。
「這麼說，那邊是製作飾品的『GEN』，也就是清水先生家囉？也就是以前的『岡蕎麥麵』。」
「對，現在是弦爺住在那裡。」
岡蕎麥麵曾經是這條花開小路商店街上唯一一家蕎麥麵店。那時我還小，沒什麼印象，聽說麵店由於後繼無人，只好收了起來。現任屋主是麵店老闆的兒子，目前住在紐約。
「你說的是那位大學教授的岡田大介先生吧？」
岡田教授覺得沒人住的房屋壞得快，央託弦爺搬進去。並且表示如果哪天弦爺不在了，給我住也可以。

「這只戒指也是弦爺為我特製的畢業禮物喔！」
我伸出手讓小望哥看看畢業戒指，他點頭稱讚做得真好。
弦爺當年和爺爺一起從事汽車修繕和鈑金，在保修廠結束營業之後正式投入原本只當成興趣的飾品金工創作，並將成品擺到許多商店寄賣，很受歡迎。現在也開了網路商店，甚至收到海外訂單。
「原來如此。」小望哥說，「我來到這裡的時間還不夠長，不知道的事情滿多的。」
小望哥是之前經營「奈特咖啡館」那位仁太先生的外甥，不久前還住在那家店裡。他前些時候回到鎮上，和仁太先生一起打理咖啡館。
奈特咖啡館正在重新裝潢，聽說新老闆是和赤坂食堂的小淳刑警結婚的三毛小姐。
「那麼，依循往例，請維特泊車繼續當赤坂食堂的特約停車場。」
「好的。」
「還有，歡迎小昴你和以前一樣，隨時來食堂吃飯。」
「非常感謝！」
赤坂食堂，坐落於花開小路商店街一丁目。
多年來一手掌杓的赤坂辰爺爺已經沒辦法繼續待在廚房做菜，於前陣子退休了。接手的人是原先在三丁目奈特咖啡館的小望哥。他完美傳承了赤坂食堂的好味道，大家都很開心。

不過，我和小望哥一直沒有好好談過食堂和停車場之間的合約內容，而小望哥也不清楚這家停車場的事，所以今天特地來談這件事。

「不過……」小望哥說，「這句話你大概已經聽過很多遍了，我還是想稱讚一下，你獨自一人堅持下來，真的很了不起！」

嗯，聽過很多遍了。

「沒啦，哪有大家說得那麼厲害。」

這都要感謝爺爺和商店街的各位。我自己努力的成果頂多只有在升上高三的四月，也就是滿十八歲後馬上考到駕照這件事而已。之前都是偷偷練習開車的。

商店街特約停車場的合約原則上是每家店每個月四千五百圓，換算下來就是每天一百五十圓。看起來或許微不足道，但是餐飲店允許我一天免費吃一餐，而其他店家也願意以優惠價提供各自的商品或服務。

這一切都是爺爺為了我和商店街的店家討論之後共同做出的決定。

「聽說你的開車技術相當高明。」小望哥說，「這樣的空間大小通常只能停十五輛，但是你有辦法停到二十五輛。有些顧客還專程來欣賞你這套獨門功夫呢。」

「停車的事儘管包在我身上！」

這是我唯一自豪的長處。大約在十歲的時候，爺爺開始教我開車，此後我在門前的空地開過各式各樣的車子。無論是哪一種車，一坐進駕駛座立刻有車感，接著各踩一次踏板，就能掌握油門和煞車的狀況。

我停車時可以讓車子和車子之間僅僅距離兩公分，這是實話。但僅限於停車場大爆滿的時候。

「對了，你是內藤梢的朋友吧？」

「喔，對。」

內藤梢，住在四丁目的「矢車大廈」。我們讀不同所高中，但是年級相同，她和瑠夏非常要好。小望哥臨走前讓我們三個一起去他那裡吃飯。

小梢原本計畫一畢業就工作，後來去讀美術專業學校。她媽媽其實希望她上大學，但她說自從認識三毛小姐之後，終於找到了人生的方向。

一輛粉紅色的輕型汽車駛進停車場。走下車子的是一位偶爾來停車的阿姨。她總是穿著套裝，我猜她大概從事業務方面的工作。

「早安！」

「早，大約停一個鐘頭左右。」

「好的，請慢走。」

我接過鑰匙，上了車，停進空位。寄放的車輛不多的時候，不需要採用特殊的停車技巧。一般人通常以為是從停車場的邊緣依序往另一側停放，實際上應該由中央開始左右交替停放才是最佳的方式。這樣在車子多的時候比較容易調整車位。

常來停車的顧客還不少。有個客人每週必到二丁目的「柏克萊餐廳」吃一次咖哩飯，還有一位權藤刑警有時候也會開車來赤坂食堂。此外，也有客人每個月固定在「韮山花坊」買花之後前往附近的市立醫院探病。

雖然沒能和停車的客人聊太多，並不清楚對方的姓名和背景，但至少認得長相，也得寒暄幾句。停車場的管理員其實需要具備良好的社交能力。

我回到雪鐵龍，車用收音機一閃一閃的。

【小望看起來過得不錯。】

爸爸說道。

「感覺挺親切的。」

【嗯。】爸爸表示同意，【辰伯後繼有人，想必鬆了口氣。】

「對了，赤坂食堂的小淳刑警是爸爸的學生吧？」

【是啊，他也是個善解人意的好孩子。】

爸爸生前是在中學教書的國文老師。

我的閱讀嗜好來自爸爸的遺傳。從我懂事以來家裡就有許多小說，現在這輛雪鐵龍裡面也堆滿了袖珍版的書。

【剛才瑠夏朝這邊揮了手。】

「是哦？」

我望向門側後視鏡。房間的窗子是關著的。我將雪鐵龍的車尾朝向田沼當鋪停放，好讓左邊的門側後視鏡恰巧可以照到瑠夏的房間窗戶。所有映在後視鏡的影像，爸爸都能像親眼目睹一樣看得清清楚楚。

「有事的話，她會傳 LINE 給我。」

【說得也是。】

停車場在開始營業前幾乎不必做任何準備，只要取下相當於店門的鏈條就算是開張了。頂多把從別處吹來的垃圾掃一掃就好。倒是這輛相當於招牌的雪鐵龍每天都要擦得亮晶晶。要是髒兮兮的，顧客看起來也不舒服。昨天沒下雨，拿把大毛刷撢掉車身的灰塵就ＯＫ嘍。

維特泊車的基本收費是三十分鐘一百圓、一小時兩百圓，兩小時可享優惠價三百五十圓。營業時間原則上從早上七點到晚上十點，僅需寄放車鑰匙，不必留下聯絡方式，如果等到打烊還沒來取車，恐怕只能通知花開小路派出所。

幸好到目前為止還沒發生過什麼大麻煩。最嚴重的一次是附近那隻大部分時間都在街頭遊蕩的貓咪小虎把車子當成了廁所，只好由我洗刷乾淨才還給車主。

許多人會在週末來商店街吃飯購物，我通常得從早忙到晚，所以那兩天弦爺會和我一起工作，有時候也會找瑠夏來幫忙。

相較之下，週間就相當清閒了。頂多中午時段車子多一點，到了下午則差不多一個鐘頭來兩、三輛車。大部分時間我都在，有事的時候請弦爺幫忙看一下。其實不必特別拜託，弦爺平時就會在製作飾品的空檔過來探望。

沒有顧客上門的時候我就坐到後座看書，或用筆電看電影和電視節目。

有時候瑠夏來找我玩，有時候我逗著來到停車場的幾隻貓玩，或是和散步途中的聖伯聊幾句，出門送花的花乃子姊和芽依也會來。還有其他經過的商店街居民也常過來聊天。

更何況還有爸爸在。

我哪裡還有覺得無聊的時候呢？

☆

早餐我通常在雪鐵龍裡自己煎個荷包蛋，午餐則每天不一樣。有時是瑠夏帶飯來給我，有時會到對面的盒餐店外帶。

晚餐則多半叫外送。商店街上的餐廳幾乎都有外送服務，只要打通電話就可請他們送過來。我盡量在這條商店街上消費。

今晚訂的是位於二丁目的「La Française」的雞肉焗烤飯和法式蔬菜燉肉的套餐。送餐的是讀大學的海斗。

「小昴，久等嘍。」

「啊，謝謝你！」

住在家裡通學的海斗頭腦非常聰明，高中成績一直保持第一名。

「今晚生意好嗎？」
「沒什麼人來。」
「我們也一樣。最近天氣不太好，客人少了很多。」
「哦，對喔。」
從白天開始天空一直陰陰的。La Française 是專做法國家常菜的餐館，是商店街上的知名店家，從開店以來始終是高朋滿座，我也很喜歡他們的料理。
坦白說，如果花開小路商店街上的店家生意不好，這家停車場也會跟著遭殃。我很希望能為商店街的繁榮貢獻一份心力，可是到現在還沒想到什麼好點子。
「我買了任天堂 Switch，找一天過來玩吧！」
「太好了，一定去！」
「先走嘍。」
海斗說著，揮手離開了。
「開動嘍——」
我正準備享用眼前這盤香噴噴的焗烤飯，忽然有一道汽車大燈的光線照進了停車場。好大一輛車，是黑色的轎車，車款似乎是皇冠吧。

「歡迎光臨！」

走下車的是一名身材微胖的中年男士。我沒見過這個人。他一面披上薄外套，一面走向我。

「停在這裡可以嗎？」

「可以的，我會為您停進車位。這是您的票卡。」

我將打上時刻的停車票卡交給他。

「您如果稍後在花開小路商店街消費，請別忘了索取收據。」

那位大叔點頭表示知道了，朝商店街的方向快步走去。看起來像個典型的上班族。

這輛車果然是皇冠，而且車齡相當老舊了。一坐進車裡就可以感覺到處處都流露著歲月的痕跡，不過畢竟是高價車，做工相當扎實。

我緩慢地將車子開到空位停下，拔掉鑰匙，鎖上車門。很久沒有開過這種用鑰匙插進鎖孔裡上鎖的老車了。

不過，我很喜歡這種感覺。

【小昴。】

我回到雪鐵龍裡把車鑰匙掛在鑰匙掛板上，正準備大快朵頤，爸爸突然叫了我。

「什麼事？」

爸爸沉默了。我舀了匙焗烤飯送進嘴裡，等待爸爸接下來的話。

【剛剛停進來的是老車嗎？】

「嗯，滿老的。」

豐田的皇冠。我對這款車並不熟悉。

「我猜大概開了二十年或三十年吧，內裝滿老舊的。」

【這樣啊。】

不曉得爸爸是怎麼辦到的，他能夠清楚掌握停在停車場裡的車子狀況。他甚至可以知道車子有沒有載著又大又重的東西、車上有沒有狗，以及車裡有沒有酒味。

爸爸將這種能力形容成「伸出靈魂觸手」。這當然無法用任何理論解釋。說得確切一點，爸爸的存在根本超出世間的常理，就算想破頭也沒有用。

不過，爸爸沒辦法分辨車款，因為他完全不懂車子。

「怎麼了？有什麼不對勁嗎？」

我沒有感覺到任何異樣。爸爸再度陷入沉默。

【我很希望是我弄錯了……】
「嗯？」
【車子的後車廂裡有人。】
「什麼？」
我不禁放下湯匙，望向那輛皇冠。
「真的假的？」
【真的。】
不會吧……。
「難道是屍體？」
我暗自祈禱千萬別是這個答案。
「我馬上通知小淳刑警！」
【等一下！】
「等什麼？」
【先別緊張，後車廂裡的是活人。】
活人……我暫時鬆了口氣。

「可是，後車廂裡有人……」

這肯定牽涉到犯罪案件。

「得打電話向派出所報案才行！」

【慢著，先確認之後再決定該怎麼做。爸爸雖有把握後車廂裡有人，但是身為負責人的你得先查證才行，否則沒辦法對外解釋你是怎麼知道的。】

「查證……」

要我打開後車廂嗎？車主把鑰匙寄放在我這裡，這倒不是問題。

「真的不是屍體吧？」

【絕錯不了，是活生生的人，只是我不知道是男是女，也不曉得是大人還是小孩。唯一有把握的是絕對不是一個大胖子。打開時千萬小心喔！】

「我知道。可是，該怎麼向警方解釋呢？擅自開別人車子的後車廂是違法的呀！」

爸爸頓了頓，說道：

【就說是車裡明明沒人，卻看到車身在搖晃，覺得很奇怪，這樣應該就說得通了。】

「對哦。」

我把掛在鑰匙掛板上的那輛皇冠的鑰匙拿了下來。

【務必當心！】

「知道。」

我下了雪鐵龍。停車場雖然沒有專用的照明設施，但周圍有三座路燈，非常明亮。不過，我還是帶了一支 MAG-LITE 牌的大型手電筒以備萬一，同時充當護身武器。這就是美國電影裡警察隨身攜帶的那種手電筒。

我靠近那輛皇冠，豎起耳朵仔細聽，沒有任何動靜。

就在這一刻。

車身似乎晃了一下。

（咦，動了？）

不妙，大大不妙。

可是我非得親眼看到才行。這是以前的車款，要打開後車廂必須把鑰匙插進後廂蓋上的鎖孔。

我輕輕地插進鑰匙，慢慢轉動。就在插著鑰匙的鎖孔發出一聲咔嗒同時開啟後廂蓋的剎那，我連忙往後跳開，將手電筒照進後車廂裡。

一個人。

女生。

很年輕。

一聲輕呼。

「你是誰？」

「本条？」

「小昴？」

我關掉手電筒。在後車廂裡因刺眼而抬起來擋光的手跟著放了下去。

本条美和子。

她是和我同班的……應該說不久前仍和我同班的女生。

「妳在幹嘛？」

本条瞪大眼睛，東張西望。

「這裡是小昴的停車場？維特？」

「是啊……妳到底在幹嘛啦！」

本条跳出後車廂，又朝四周張望了一番。

「車裡的人呢？」

「誰？」

「就是把車子開來這裡的人呀！」

「離開啦。」

「去哪裡？」

「我哪知啊！」

我怎麼可能知道停車顧客的行蹤呢？

「等車主回來以後或許會知道。」

「為什麼？」

這傢伙到底怎麼了，精神狀態特別亢奮，印象中的她不是這樣的女生，應該是個文靜內向的好學生才對。

「如果車主在花開小路商店街買東西或吃東西，或許可以從收據看出是在哪裡消費的。消費滿一千三百圓可以免費停車一個小時。」

也就是說，只要看收據就能知道他去過哪裡。本条聽完以後用力點了頭。

「瑠夏呢？你們住得很近吧？」

我望向旁邊的瑠夏家，田沼當鋪的那棟大庫房。

「就在那裡。」

庫房最上方那個亮著燈的窗戶就是瑠夏的房間。

「我忘了帶手機，拜託你打電話給瑠夏，讓她幫我製造不在場證明！」

不在場證明？

本条美和子……

妳到底在幹嘛啦？

二　裝在人生後車廂裡的是什麼東西

【你的同班同學？】

車用收音機亮了幾下，爸爸問道。

「對，一個叫做本条美和子的女生。」

【我不認識吧？】

應該不認識。

【和她不熟嗎？】

「算普通吧。」

全班足足有三十八個人，有些同學根本沒機會講到話。不過，我們班算是處得不錯，女生一律叫我小昴，本条也是這樣叫我的。

「她很聰明，文文靜靜的，戴著眼鏡，當過圖書股長。」

【聽起來像是漫畫裡的人物。】

「沒錯。」

整體形象的確如此，不過抱歉的是她長得沒那麼可愛，比較像是總是跟在活潑的女主角旁邊襯托的女配角。

【你常去圖書室嗎？】

「很少。」

去過幾次，可是學校圖書室裡的小說，家裡幾乎都有了。本条那時既然當圖書股長，應該很喜歡閱讀，不過我們也沒聊過這個話題。

「她考上東京的M大喔。」

【真不簡單。可以想見她的成績相當優異。】

「是啊。」

我說著，望向車身左側的後視鏡。爸爸的視線似乎也一樣。後視鏡裡映著瑠夏的窗戶。瑠夏傳了LINE說她們兩個打了電話給本条的媽媽製作「不在場證明」，等下會過來這邊。

所以我正在等她們來。

【那麼文靜的女孩，為什麼會躲進車子的後車廂呢？】

「我也想不透啊。」

我還來不及問本条是怎麼回事，看她一臉驚慌失措，只好要她先冷靜下來，並把瑠夏叫過來，瑠夏到了這裡同樣瞪大眼睛嚇了一跳。

【本条同學要製造不在場證明，這麼說，她上了M大以後還是住在家裡。】

「我沒問，應該是吧。」

大概錯不了。從這裡到東京搭電車不用一個小時，從家裡通學不成問題。有幾個考上東京的大學的男同學也都說要住在家裡。

【這麼說，或許駕駛那輛皇冠的先生是本条同學的父親？】

「很有可能。」

我沒有嗅到絲毫犯罪的氣味。如果本条是遭到綁架，一定會嚷嚷著要報警。

【從聲音聽來，車主是中年男士。】

「對，是中年大叔。」

身高絕對沒超過一七五，身材並不是特別臃腫，只是因為有張圓臉，所以覺得有點胖。感覺上是個誠懇和善的先生，至少不像個危險分子。

【是不是來了？】

爸爸問道。的確，瑠夏和本条兩人的聲音傳了過來。

【她似乎有什麼難言之隱，你幫得上忙的地方盡量出力。】

「知道了。」

叩叩，敲門的聲音。我開了車門。

站在面前的是瑠夏和已經冷靜下來的本条。

「久等囉！」

瑠夏嚷了聲。滿臉歉意的本条低頭上了車，一進到雪鐵龍裡面忽然瞪著眼睛四下打量。她在班上的女生中算是高的，應該有一六五公分。

「天呀，這裡像個真正的房屋耶！」

嗯，大家都這麼說，其實沒有做大幅度的改造。一般的廂型車只要把座椅換成沙發，就和平常的房間沒兩樣。

車窗裝了簾子，只要闔上，外面就看不進來了。所以剛才那位中年大叔來取車時也不會看到本条，不必擔心。

「歡迎，請坐。想喝什麼？」
「這裡什麼飲料都有喔，要喝咖啡、紅茶、日本茶或果汁統統有！」
瑠夏為她介紹。
「什麼都有？」
「電線是從那根電線杆拉過來的，所以車上有冰箱，另外也接了自來水，就和住在一般的房子裡一樣。從前小昴的家就在這裡。」
用不著我多做解釋，瑠夏全部代為說明了。
「那……我喝紅茶。」
「好。」
本条還是一臉新奇地左顧右看。電熱水壺很快就燒開了，放個茶包掛入滾水，一下子就沖出一杯紅茶了。
「來，請用。」
「謝謝。」
「不在場證明順利嗎？」
瑠夏伸手比了個V的手勢答覆我的詢問。

「一切OK。美和子的媽媽跟我媽很要好。」

「是哦？」

我不知道這件事。

「不過我還沒聽她講到底是怎麼回事。」

瑠夏說著，看向本条。本条面露歉意，喝了口紅茶，然後看向地板，似乎正在猶豫著該怎麼辦才好。

「實在不方便就別說了。」

我開口解圍，本条搖了頭。

「畢竟造成了你們的困擾。」

「我們一點都不覺得是困擾呀！」瑠夏搶著說，「我們是朋友嘛，有事情當然得幫忙，而且很高興妳願意求助。這是友情，不求回報！」

說著，瑠夏握緊拳頭。瑠夏頗有男子氣概。她自己大概沒想過這點，但是朋友們都這麼認為的。

「謝謝。」

本条看著瑠夏，淺淺一笑。她的眼睛有點濕。

「我跟妳說……」

「嗯？」

「他是我爸爸。」

我果然猜對了。

「為什麼要躲在爸爸的後車廂裡？」

一般人大概一輩子都不會做這種事。

「昨天晚上我剛好看到爸爸輸入iPhone的螢幕密碼。」

「密碼……」

完全猜不出她接下來要說什麼。

「不是故意偷看的。我們正在一起看電視新聞報導，不經意瞄到了爸爸在解鎖。」

「難免嘛。」

除非手機裡存有什麼不能被人看到的東西，否則爸爸被女兒看到了解鎖密碼應該不會覺得有什麼大不了的。

「那組密碼是040882。」

040882。

咦？

「開頭那四碼是今天的日期嗎？」

０４０８，也就是４月８日。

她點頭同意我的說法。

「我是這麼認為的。」

「末尾的８２會是什麼呢？」

瑠夏反問，本条先是抿了抿嘴，接著開口說：

「我猜是指年，１９８２年的８２。」

１９８２年。

「這麼說，是某個人的生日嘍？」

１９８２年４月８日出生的人，今天過三十五歲的生日。不曉得對方是大叔，還是阿姨。

本条緩緩點了頭。

「我想，可能是爸爸的外遇對象。」

「呃……」

我不由得和瑠夏面面相覷。

如果真有外遇對象，還把自己的 iPhone 螢幕密碼設為那個人的生日，恐怕不只是逢場作戲，而是動了真情，那不就糟了嗎？

我把本条接下來講的事情整理了一下：

本条的生日是4月9日，也就是明天。我現在才曉得她的生日，明天得記得傳個 LINE 祝她生日快樂。

我們都已經從十八歲變成十九歲，對生日不再感到那麼興奮了，可是本条家到現在還會在家裡做蛋糕，一家三口聚在一起慶生。由此可以感受到本条的家庭和睦，並且，會為此感到雀躍的她也依然保有那份純真。

然而昨天，當本条目睹了爸爸手機解鎖密碼的剎那，腦中倏然想起一件事。

（爸爸好幾次在我生日的前一天都很晚回來……三年前是，兩年前也是，還有去年也一樣。）

本条的爸爸是一名牙醫師。

他和兩位朋友共同經營一家牙醫診所，門診排班是用完全預約制，所以幾乎不曾加班，每天都在同樣的時間回到家裡。他不太喝酒，也不打高爾夫球，唯一的嗜好是利用週末假日在家做木工。家中的桌子和椅子都是他親手製作的，顯然技術相當不錯。

儘管性格有些一絲不苟，仍是一個正直而溫柔的好爸爸。這就是本条美和子的爸爸，本条克紀先生，現年四十八歲。

這樣一位一絲不苟的爸爸，至少近三年來每逢4月8日必定遲歸。

本条忽然想起來，幾年前，也就是三年前的同一夜，爸爸很晚回來，她隨口問了句「去哪裡了嗎？」爸爸支支吾吾地沒有正面回答。她接著又想到，每年的這一天，媽媽的心情總和平常不太一樣。

「妳為了找出原因，決定跟蹤爸爸？」

本条以點頭回答了我。

行動力真強！

她到爸爸的牙醫診所停車場準備跟蹤，不料爸爸比預計的時間提早出來了。她來不及逃又無處可躲，不得已只好爬進後車廂裡。

「只有那裡可躲？妳有車鑰匙？」

「那輛車的後車廂故障了，只要知道技巧，不用鑰匙也打得開。有時候開車開到一半也會自動彈開呢。」

不會吧，太危險了。牙醫師應該有錢修理吧。或者乾脆買輛新的更安全啊。

「就算沒地方躲，妳還真有勇氣爬進去。」

「我自己也嚇了一跳。」

我想也是。一個平常文靜的女孩在遇到突發狀況時，反而會採取出人意表的行動。

不過……。

「原來是這樣哦。」

瑠夏和我點點頭。

這下總算明白了。在車上同時聆聽的爸爸應該一樣點著頭，心想原來如此。

「單是某天晚一點回家就懷疑爸爸有外遇了，看來你們一家人的感情真的很好耶！」

本条點頭同意瑠夏的說法。我也這麼認為。本來覺得光憑這樣就懷疑有外遇未免小題大作，但想必本条可以非常清楚地感覺到：

每年的今天……

爸爸的表現和媽媽的表情總是不太尋常。

「那……打算怎麼辦？」我問了本条，「現在弄明白妳為什麼這麼做了。等你爸爸回來取車時，要不要問他去了哪裡？」

「小昴！」瑠夏一臉氣鼓鼓的。「這種事哪能問啊！」

「好啦，我知道啦。知道歸知道，總得問問本条接下來有什麼打算啊？不先問清楚就沒法幫忙了。」

本条看向我，問說：

「如果爸爸去過商店街上的某一家店，會把收據帶過來吧？」

「通常會，但也有例外。有些顧客嫌麻煩不想拿收據，寧願按照收費標準付停車費，還有些顧客根本不去商店街。」

這裡雖是花開小路商店街的特約停車場，但是不到商店街的人也可以停車。這附近除了商店街還有私人住宅和公司等等，有些訪友或洽公的人也會把車子停在這裡。

「總之，現在只能等妳爸爸來取車了。」

後來我們勸本条先回家。畢竟不曉得她爸爸什麼時候來取車，而且明天她得去參加大學新生說明會。

本条臨走前拜託我們私下調查她爸爸究竟在做什麼？是否真的有外遇了？所以今天

能做的事只有一件，那就是祈禱她爸爸會帶來收據，這樣就有機會查看他去了哪裡，然後通知本条。瑠夏也想留下來，但考慮到如果兩個人都被本条的爸爸看過長相，萬一有必要時，也就是需要暗中掌握外遇證據的時候，恐怕會影響調查行動，於是讓她先回家去了。

「爸爸，這件事您怎麼看？」

我坐到駕駛座，問了爸爸。

車用收音機閃著光亮。

【唔……】爸爸應了一聲後停頓了片刻，像是在思索。【不能小看孩子的直覺，尤其女生的第六感通常很準。】

「是哦？」

爸爸曾經是每年和幾十名學生共度時光的教師。

他十分熱愛這份工作。

我知道，當爸爸發覺自己再也不能和學生們一起度過每一天的那一刻，忍不住在病床上獨自哭泣。

【所以，雖然不知道本条同學的父親是否有外遇，但應該可以肯定他有某個不讓女

兒知道的祕密。】

「嗯。」

現在只能等本条的爸爸回來這邊了。我靠在方向盤上，望向車外，接著瞥了眼手錶。九點多了。本条的爸爸將車子寄放在這裡已經超過三小時了。

【是不是來了？】

爸爸說道。我張望四周，看到一個從商店街那邊走過來的人影。看起來的確是他。我開了車窗等待。本条的爸爸邊走邊將手伸進外套口袋摸索著，一定是在找停車票卡。

「您來取車了。」

我和往常一樣，露出職業性微笑歡迎顧客回來。本条的爸爸輕輕點頭，將票卡遞給我。

「請問有沒有在哪家店消費呢？」

「喔，我找一下。」

他掏出錢包，從裡面拿出一張收據。

「謝謝您，借看一下。」

是韮山花坊的收據。

那裡是花乃子姊的花店，金額是五千圓。是不是買了一束花呢？如果是，那就是去見了需要帶花致贈的對象嘍？

男人送花給男人……按照常識判斷，通常是送花給女士吧。

這下恐怕真的有婚外情了。

我在收據上蓋了章。

「謝謝您，消費收據可以抵一小時，另外的兩小時收您三百五十圓。」

「三百五十圓吧……我找一下。」

本条的爸爸從零錢包裡掏出一枚五百圓硬幣。

「喔，不必找零了。」

「呃……？」

他看著我，笑了笑。

「你姓麥屋吧？」

哇，嚇我一跳！

「是的。」

「你是我女兒高中的同班同學，她叫本条美和子。」

「啊，真的嗎？」

我發揮處變不驚的鎮定以及臨機應變的小聰明，施展了真心感到訝異的演技。

沒想到本条的爸爸竟然認識我。

「那麼，工作加油。」

「謝謝您。要不要幫您把車子開出去呢？」

「不用，我自己來就好。」

他揚一揚手，走向那輛皇冠。

本条的爸爸，人滿好的嘛。我目送皇冠駛離，朝車尾燈微微鞠了躬。這應該算是第一次有顧客給了我小費。

【哪家店的收據？】

爸爸問道。

「喔，是花乃子姊那裡的。」

【這麼說，他買了花。】

「應該是。至少可以肯定他見面的對象是女性吧？」

爸爸對我的提問花了一點時間思索。

【雖然不能武斷認定，但不可否認機率相當高。花乃子那邊已經打烊了吧。】

「是啊。花乃子姊一定記得本条的爸爸買了哪些花。」

【她記性好，一定記得。你真要幫本条同學調查她爸爸是否有外遇？】

爸爸的聲音有些不尋常。

「不妥當嗎？可是我答應她了。」

我聽到爸爸嘆了氣。雖然一直弄不懂沒有肉體的靈魂是怎麼嘆氣的，但就是聽到了。

【為了朋友而做的，不能說不對。不過，你們必須了解，自己在做的事相當於擅自介入別人的人生，懂嗎？】

我想了一下。爸爸說得沒錯。畢竟是別人的家務事。我的調查的確是擅自介入本条的爸爸的人生。

「我懂。」

【說得更誇張些，這相當於擅自解鎖別人的手機，查看手機裡的資訊。】

「這和駭進電腦裡盜取情報一樣。」

【正是如此。爸爸很清楚你心地善良，不過，在採取行動之前，你必須比以往更加善良、深思熟慮，不要造成任何人的不幸。辦得到嗎？】

「知道了。」

☆

位於二丁目轉角的韮山花坊是花乃子姊的店。這家花店的店齡相當久了。大家都稱讚花乃子姊是這條花開小路商店街的頭號美女。儘管在幾年前已結了婚，但至今仍有許多單身男顧客為了一睹芳顏而上門買花。

韮山家不僅花乃子姊長得漂亮，她的雙胞胎弟弟小柾哥和小柊哥也是毫不遜色的型男。畢竟是親姊弟嘛，三個人的容貌自然同樣出眾。

「咦，小昴？」

我將停車場託給弦爺，算好花店開門營業的時刻走到花店，芽依正在門口整理花材。

「早。」

「早！你今天起得真早。」

芽依是花乃子姊的表妹，在這裡工作差不多兩年了吧。

「有事想請教花乃子姊。」

正說著，花乃子姊剛好抱著一桶切花從店裡走了出來。

「噢，是小昴？早呀。」

「花乃子姊早安。」

從我還是個小寶寶……正確來說是出生的第二天，花乃子姊就認識我了。她說過自己曾抱著我在商店街散步，害我難為情得要命。

「花乃子姊，有件事想請教一下。」

「請教？」

我決定把事情原原本本地告訴她。我們這些在商店街出生長大的每一個小孩都知道，想在花乃子姊這位商店街頭號大美女的「名譽店花」面前撒謊是行不通的。

「昨天晚上六點過後應該有一位中年男士來您店裡買花。他把車子停在我家的停車場。」

花乃子姊和芽依同時想了想，隨即想起來似地喔了一聲。

「那個人，是我同學的爸爸。」

花乃子姊略顯訝異地點了頭。

「基於某個原因，我想知道他買了哪些花。」

聽到這裡，花乃子姊微微皺起眉頭，看著我。

「不能告訴我原因嗎？」

「不能說，但保證絕對不會拿去做壞事。」

花乃子姊盯著我看。從以前就覺得花乃子姊的眼睛好漂亮，甚至有時候彷彿會看到她眼中綻放出花朵。

「他買的是生日花束啦！」

店裡傳來另一個聲音。是小柊哥。只見他開心地朝我揚著手走了出來。

「告訴小昴也沒什麼關係嘛，反正客人買了什麼花，也不是什麼值得保密的天大情報。」

花乃子姊也輕輕點了頭。

「也對。那位先生買了生日花束，我記得他還附上一張寫著『生日快樂』的生日卡。」

「請問那位顧客去年和前年是不是也在這裡買了生日花束呢？」

小柊哥呶了呶嘴，芽依看著花乃子姊又望向小柊哥，花乃子姊則略顯詫異地問說：

「看來，真有什麼隱情吧？」

「是的。」

雖然不能說出來，但我相信花乃子姊和小柊哥一定已經知道了。既然提到了那位先生是同學的爸爸，表示那個同學，也就是那位先生的小孩想查出某些真相。

「坦白說，我都記得。」

「真的嗎？」

花乃子姊燦爛一笑。

「那位客人昨天光顧時我忽然想起他去年也來買過生日花束。」

果然沒錯。

「您大概不知道他買完花以後去了哪裡吧？」

「不知道。」

「噢，我知道！」

開口的是芽依。

「我那時剛好在店門口，照例說了句『感謝惠顧』並且目送客人離開，恰巧看到他進了克己先生那家店。」

克己哥的店。

位於三丁目的「白銀皮革店」。

本条的爸爸並沒有出示那裡的收據。

克己哥是花開小路商店街的商店會會長。白銀皮革店販售各種皮件，其中有不少都是獨家款式。店裡也接受皮件的維修，最近進一步擴大業務項目，和「轟乾洗店」合作皮件清洗服務。

簡單來說，克己哥是個熱情洋溢且充滿行動力的人，見了他總想稱他一聲「老大」，聽說他的拳腳功夫也滿強的。他上高中時並不是所謂的不良少年，卻曾經締造了獨自一人打爆十五、六個小混混的傳說。還沒滿三十歲的他已經被賦予會長的重任，竭盡全力讓商店街重返榮景。

「嘿，小昴！」

一踏進店裡就聞到一股濃濃的皮革氣味。

「早安！」

「早啊。一大早的怎麼啦？」

我同樣開門見山地問了克己哥記不記得昨晚有個帶著一束花的中年男士來這裡買了什麼。克己哥想了一下，看著我點了頭。

「是有那麼個人。他買了皮夾。」

「他買了皮夾嗎？」

「那邊的。」克己哥指向陳列櫃。「淺藍色的女用對開短夾。那是理髮廳的桔平做的皮夾喔。」

原來是桔平哥做的。桔平哥是位於一丁目的「菱岡理髮廳」的獨生子，卻選擇當了皮革工匠。他之前一直待在國外。

皮夾的顏色那麼可愛，一定是送給女生的禮物。

「那位客人做了什麼嗎？是不是和停車場發生了糾紛？」

克己哥一臉憂心。

「沒有。他是我高中同學的爸爸。」

「哦，是喔？」

「基於某個原因，想知道我同學的爸爸買了什麼、去了哪裡。」

克己哥瞇了瞇眼睛。

「基於某個原因……？」

「是的，基於某個原因。」

「是暗中調查吧？」

「是暗中調查。」

「這樣哦……」說著，克己哥雙手抱胸，看著我問說，「必須這麼做的理由不能講吧？」

「不能講，我答應同學了。」

「好。」克己哥點了頭。「答應朋友了就得遵守諾言。我相信你不會做壞事，去找北斗幫忙吧。」

「找北斗哥？」

北斗哥是位於二丁目韮山花坊對面的「松宮電子堂」的老闆，也是克己哥的同學。

「我不知道那位客人買了皮夾之後去了哪裡，不過只要調出監視器的錄影畫面就知道了吧？」

對喔，還有這一招！

北斗哥是松宮電子堂的第二代老闆，原本是個宅男，現在再度回到大學就讀。儘管頭腦聰明，依然相當努力。他經營電器行，熟悉各式各樣的機器。

花開小路商店街裝設的監視器全部由北斗哥負責管理。

「我再問一次……」雖然克己哥傳了LINE給北斗哥解釋過了，他還是再度確認，「你保證沒有涉及不法吧？」

「當然沒有！」

我等到傍晚北斗哥從學校回來後，麻煩他帶我到花開小路商店會辦公室看監視器的攝錄檔案。

這間位於一丁目轉角的辦公室之前是家具行，倒閉之後由商店會接受管理，一樓空間儲放祭典的相關用具以及備用的租借自行車。商店會辦公室設在二樓，監視器的外接監看螢幕也在這裡。以前這項業務是外包給保全公司，現在則由商店會成員的北斗哥統籌負責。

北斗哥一面敲打電腦鍵盤一面說：

「小昴，我相信你……」

「謝謝。」

「……不過，萬一遇到棘手的事，或有任何煩惱，一定要找人商量喔。你可以找弦爺，可以找我或克己，或者找田沼奶奶和田沼太太都沒關係。」

「我知道。」

爸爸也常這麼叮嚀我。

就算是芝麻綠豆大的小困擾或小煩惱，也一定要馬上找人商量。我雖然還未成年，卻已經是花開小路商店會的會員之一，要是在工作上出了任何紕漏，很可能會給商店街的店家帶來麻煩。在這方面一定要戰戰兢兢，否則沒有資格成為社會人士。

「你想看的是花乃子姊那邊六點過後的畫面吧？」

「對。」

那個角度的監視器有四支，其中一支出現了拍到韮山花坊那個時段的錄影畫面。

「是這個嗎？」

一個中年男人走進了韮山花坊。

「就是他！」

錯不了。這條商店街上的監視器性能卓越，拍得很清楚。

「那我把時間軸往後拉嘍。」

本条的爸爸拿著一束花走出花坊，然後踏入了白銀皮革店。

「再繼續往後拉。」

他步出店外，朝商店街四丁目的方向走去。

「好，切換監視器。」

北斗哥說完，切換了鏡頭，螢幕上出現了正面拍攝的影像。

「啊，他轉到巷子裡了！」

「嗯，拐進巷子裡了。」

他在位於四丁目的轟乾洗店那個轉角往右轉了。

「等等，我找一下架在『奈特』正面的那支監視器的影像。」

北斗哥繼續敲打鍵盤，切換了畫面。

「找到了！」

本条的爸爸帶著花走進了「花開高地公寓」。

☆

【原來他去了花開高地公寓。】

「嗯。我記得那裡應該是五、六年前蓋好的吧？」

【應該是。那裡以前有一棟小樓房，裡面有幾家小型個人事務所之類的公司進駐。】

後來整棟樓房拆除，蓋了新公寓。

【住在那裡面的人，爸爸都不認識。】

我也統統不認識。

「總共有六戶。各家的門牌標示雖有住戶的姓名，但是顯示全名的僅有一戶，其他只寫著姓氏。」

【現在大都是這樣的。】

由於剛好位於監視器的死角，沒能拍到本条的爸爸進入哪一戶。

「我們推測應該是裡面那四戶的其中一戶。」

【這樣啊。】

我正在思索接下來該怎麼做才好。總不能去那四戶一家一家按門鈴請教吧。

【小昴。】

「嗯？」

【有件事我有點在意。本条同學的父親把車子停進來的時候，並未問過『你姓麥屋吧？』】

「是啊。」

【臉上也沒有露出特別親切的笑容吧？】

「沒啊。」

看起來就是一般顧客。

【這麼說，爸爸認為他在那個時候很可能還不知道你是誰，如果知道，應該會問一聲。】

「啊！」

有道理。

【所以本条同學的父親應當是從住在那四戶其中的某個住戶口中聽說了你的身分，在那之前他完全不知道你是自家女兒的同學。換言之，與本条同學的父親一同度過那兩小時的女子，應該是認識你的人吧？】

「對喔！」

這樣就解釋得通了。

【如果進一步推論……】

「嗯？」

【假設本条同學的父親和那名女子交往，並且對方認識你，那麼她必然知道你就讀的高中，也理當知道交往對象的女兒是美和子，所以才說了你的身分。而本条同學的父親知道以後，回來取車時和你打了招呼。這樣你明白是怎麼回事了嗎？】

怎麼回事……？

「對喔！」

車用收音機一閃一閃的。

【如你所想，本条先生應該沒有發生婚外情那種不道德的事情。】

「如果他有外遇，看到我的時候不可能主動提起『我是本条美和子的爸爸』。」

【你說對了。】

那麼，他和那名女子到底是什麼關係呢？

三　人生後車廂與吃五碗拉麵的男人

「我已經再三叮嚀過美和子要她別再做那種危險的事，等我們的聯絡。」

「嗯，這樣最好。」

我坐在雪鐵龍的駕駛座，瑠夏坐在副駕駛座。我們捧著餐盒，坐在各自的老位置上。

今天是瑠夏親手做的午餐，裝在使用多年的橢圓形餐盒裡。主菜是青椒鑲肉，配菜有馬鈴薯沙拉、扁豆和紅蘿蔔和芋頭的燉菜、高湯蛋捲、醬菜和醋拌涼菜，白飯上面撒著香鬆。瑠夏的菜色和我的一樣。她剛從隔壁帶過來的，飯菜都還熱騰騰的。

兩人望著擋風玻璃外的街景吃著午飯。天氣晴朗，陽光直射進來，我們把所有的窗戶都搖下來好讓車裡散散熱。

我和瑠夏像這樣在車裡吃東西時，爸爸通常保持緘默。因為一旦開口，話題就會聊到正在吃的餐食上，這樣一來，現在什麼都無法享用的他不免為自己感到悲哀。

嗯，我似乎可以體會到爸爸的心情。

爸爸是在過世的當天變成這樣的。按照他的形容，躺在醫院病床上一失去意識就立刻變成這樣了。當他清醒過來，赫然發現自己竟然變成停在家裡那輛雪鐵龍了。

他並不清楚附身的過程，只曉得自己化身為雪鐵龍了。爸爸並沒有大吃一驚，因為他很清楚自己已經死了，只是心想：嗯，我化為魂魄了，化為魂魄以後回到家裡了。畢竟爸爸生前就是個非常冷靜的人。

爸爸可以看到的，僅限於映在後視鏡上的影像。

至於可以聽到的，則只有能夠傳到車用收音機音響喇叭的聲音。聽覺範圍應該和一般人差不多吧。

如果觸碰車身，他可以感覺到有人正在撫摸，但既不覺得癢、也沒有感到重量或是疼痛。不過，有可能只是憑著在世時的感覺記憶。這或許和由於事故或疾病而失去手腳的人覺得自己的手腳還在原本的地方是同樣的感覺。

對了，弦爺會幫車子做定期保養。爸爸說，加油或加水的時候感覺像在喝飲料，卸下輪胎的時候感覺像脫掉鞋子，啟動雨刷的時候感覺像在洗臉，而開燈的時候會莫名感覺被人敲頭。他也不明白為什麼會這樣，大概是由被靜電電到的時候那種刺痛聯想而來的吧。

爸爸認為，或許自己棲息在雪鐵龍裡的靈魂，就是藉由連結到生前的狀態和心情，這才得以保有自我意識。

只不過，爸爸幾乎什麼事都做不了。

他只能透過車用收音機的音響喇叭說話而已。既不能自己發動引擎來啟動雪鐵龍，甚至連讓雨刷擺動一下都辦不到。喔，亮個車燈倒是不成問題。

儘管如此，爸爸能夠和我這個兒子待在一起就很開心了。

因為聽得到聲音，所以可以知道生長的故鄉大大小小的動態。聽著商店街上熟識的人們過來和我聊天，偶爾可從後視鏡裡看到他們身影，這樣也就心滿意足了。

儘管不知道這樣的日子還能維持多久，爸爸卻彷彿展開了人生的第二春。

「吃飽嘍。」

我闔上盒蓋，雙手合十道了謝。今天的午餐真好吃。做飯菜的人是瑠夏，所以洗餐具的人是我。

「瑠夏。」

「嗯？」

「我一直想問，這個橢圓形餐盒已經用很久了，該不會是田沼當鋪以前的流當品吧？」

「嗄？」訝異的瑠夏拿起橢圓形餐盒端詳。「沒聽說耶，但是有可能哦。」

每次去瑠夏家，也就是經營田沼當鋪的田沼家玩的時候，總會看到滿屋子的老東西。我常想，說不定改開古玩店賺得更多。

「就算真的是流當品，已經用那麼多年了，沒關係啦。」

「嗯。」

瑠夏擁有一手好廚藝。她的祖母，也就是早枝奶奶，嚴格要求孫女必須精通烹飪和縫紉這些家政項目，並且遵循古法仔仔細細地教導瑠夏。

早枝奶奶和我已故的爺爺麥屋史郎非常要好，他們的交情好到讓人納悶兩人怎麼沒結婚呢？後來他們分別結了婚，生下我爸爸以及瑠夏的爸爸。

或許是這層因素，爺爺和早枝奶奶說定了讓我和瑠夏結婚。我們雖是住隔壁的青梅竹馬，但誰也無法保證長大以後不會互看不順眼，只能說幸好我和瑠夏一直處得很好。

由於我們從小到大都像兄妹一樣，從沒正經八百地講過「我們交往吧」之類的話。

儘管沒說過那種台詞，但兩人在一起時總是很開心，我們彼此都可以感覺到，以後一定會像這樣繼續在一起。

「可是，我們接下來該怎麼幫美和子呢？」瑠夏問說，「花開高地公寓的人我都不認識呀！」

「北斗哥和克己哥也說他們不認識……」

如果連他們都不認識，這條商店街上應該沒人認識了。

「就算有人認識，總不能挨家挨戶一個個問吧。能確定會幫我們守住這個祕密的大概只有花乃子姊、北斗哥、克己哥還有聖伯。」

「我想也是。」

商店街上的每一位都是好人，但沒辦法保證每一位全都守口如瓶。

「譬如『寶飯』的老闆娘……」

我剛說完，瑠夏隨即心有靈犀地笑了。

「很可能哦。」

【說得是。】車用收音機閃了幾下，爸爸笑著說道，【最好暗中調查，別讓其他人知道。】

「該怎麼調查才好呢？」

瑠夏問了爸爸。爸爸不作聲，思考片刻。

【目前只有『認識小昴』這條線索。】

「您指的是那個外遇對象吧？」

【對。我不認為那位花開高地公寓的女性住戶是我們停車場的顧客，一來她就住在附近，而且花開高地公寓本身就有附設停車場。】

「說得也是。」

爸爸的話有很道理。

【如此一來，那位花開高地公寓的女性住戶是從何得知小昴是這裡的老闆並且剛從高中畢業呢？可以推測的消息來源有兩個。】

「兩個？」

我和瑠夏同時反問，不自覺地將臉湊向車用收音機。

【第一個來源是，那位花開高地公寓的女性住戶是花開小路商店街上某家餐飲店的常客。如果只是在街上遇到鄰居隨口聊幾句，應該不會談到小昴的背景那麼深入的話題；但若是在餐飲店裡吃東西，比較有可能在和店裡熟識的人暢談的過程中提到那樣的

話題。】

我和瑠夏一起點頭同意爸爸的看法。

「的確，這條商店街上的住戶都認識小昴。」

【所以，或許可以去一家家餐飲店打聽有沒有一位花開高地公寓的女住戶常來光顧。不過，這個方法一定會讓大家起疑，很快就會引發熱議。】

我想也是。

【另一個來源是，那位花開高地公寓的女住戶在這一年內認識了熟悉小昴的人。】

「認識了熟悉我的人？」

【沒錯。】爸爸接著說道，【我們梳理一下截至目前為止掌握到的確切線索。花乃子記得本条同學的父親去年也買過生日花束，對吧？】

「她是這麼說的。」

【花乃子的記憶力百分之百可靠，可以視為確切的線索。換言之，本条同學的父親很可能每年只造訪一次花開高地公寓。】

一年去一次。

「她生日的那一天嗎？」

【沒錯。對照本条同學記得每年的那天父親總是遲歸，可以推測她父親每年只有一次，也就是在花開高地公寓那位女住戶生日的那天去見她。那是一種非常特別的，或者可以說是相當特殊的關係。至少在爸爸的人生經驗中，不曾聽過有任何情侶或發生婚外情者是以那種方式相處的，恐怕只在電影裡才看得到這樣的情節。】

緊抿雙脣的瑠夏使勁點了頭。

「您說得對，真的和電視影集裡演的一樣耶。」

【是啊。所以去年對方生日的那天，本条同學的父親應該同樣將車子停在這裡、到花乃子那裡買花之後去見了花開高地公寓的女住戶。說不定兩年前也是一樣的路線。然而，他過去之所以不曾和小昴攀談，很可能是因為並不知道小昴是自己女兒的同學這件事。當然了，花開高地公寓的女住戶也不曉得小昴和本条同學的關係。】

原來如此！

「所以結論就是：花開高地公寓的女住戶是今年才知道我是誰！既然我對她沒有任何印象，也就是她最近認識了我的熟人，然後把我的身分告訴了本条的爸爸！」

【正是如此。雖然只是推論，但應該相當接近事情的真相。】

「小昴的熟人、最近認識了花開高地公寓女住戶的人……」

瑠夏還在邊講邊思索，我卻馬上靈光一閃。

「奈特咖啡館！」

那裡已經結束營業，正在裝潢打造全新店鋪。

「奈特咖啡館和花開高地公寓就隔著馬路相望，那名女住戶會去那裡吃東西或租片子也很合理。最重要的是，奈特咖啡館裡有……」

「小梢！」

「對。」

小梢。

內藤梢。

她是我的小學及中學同學，住在矢車大廈，於奈特咖啡館打工。在三毛小姐接手改開新店之後，仍會繼續留下來打工。

「小梢有很大的機會認識那位花開高地公寓的女住戶。」

「你們問的是貴惠姊嗎？」

小梢眨巴著貓咪般的眼睛詢問。

做出推論後，瑠夏立刻傳LINE給小梢。她說五點放學，一回來就直接到雪鐵龍找我們。小梢來過雪鐵龍這裡好幾次，爸爸在世時就常看到她了。

她一到，我們就問她認不認識那位花開高地公寓的女住戶。

「那位的名字是貴惠？」

小梢點頭回應了瑠夏。

「石田貴惠小姐，住在花開高地公寓四號房。」

我和瑠夏不由得交換了一個果然不出所料的眼神。

「她大約幾歲？單身吧？」

瑠夏問說。

「還單身。年齡我不知道，看起來差不多三十五歲吧。」

「小梢，妳有沒有和那位貴惠小姐提過我？妳告訴過她，我們雖然不同高中，但中小學都是同學，並且在這裡經營停車場吧？」

再次露出茫然表情的小梢點了頭。

「提過啊……大概有吧。應該是在聊到商店街的話題時，我說過咖啡館其實有特約停車場，而停車場的老闆是我同學，名叫小昴。」

「妳也說過小昴讀哪一所高中嗎？」

她向提問的瑠夏點了頭。

「應該……說過吧。」

猜中了！

這下絕錯不了。

「你們兩個在搞什麼陰謀詭計？」

這回瞇起眼睛的小梢問說。

「才不是陰謀詭計呢！」瑠夏說完，緊緊握住小梢的手。「相信我們！」

小梢聽完，也用力回握住瑠夏的手，並且誇張地點了頭以示信任。

一個是酷帥的小梢，一個是豪爽的瑠夏，兩個人從小就是一對好搭檔。雖然高中讀不同校，平時沒什麼機會在一起玩，但瑠夏說她們幾乎每天都用 LINE 聊天。

「妳們是在奈特認識的嗎？」

「是呀。」

小梢點著頭回答瑠夏。所有的疑問全給爸爸料中，實在太強了！

「我們想認識她。」

「認識她？」

「放心，沒有要對貴惠小姐做什麼。只是有個朋友煩得要命，我想幫她一把。」

「幫她一把？你朋友？」

小梢不明所以地瞪著我，瑠夏接口為她解釋：

「和貴惠小姐談過以後，就能幫那個朋友釐清頭緒，甚至可以立刻解決她的煩惱。」

我和瑠夏已經高中畢業踏入社會，所以一起出錢在「平蔬果」買了橘子和芒果的綜合水果禮盒。我自己經營一家停車場，瑠夏也在家傳的當鋪領薪水。禮盒雖然不便宜，卻是應有的禮儀。

我以前問過爸爸，萬一停車場發生糾紛必須致歉時，該怎麼做才好？爸爸告訴我，使用金錢是向一個陌生人展現誠意的最佳方式。

聽起來似乎有些市儈，其實用有形的金錢來表示自己的真心真意一點也不市儈，而是身為社會人士起碼的禮貌。這次雖不是處理糾紛，畢竟是冒昧登門請教一位素未謀面的小姐，總得送個伴手禮才好。

因此，儘管只是拜訪鄰居，我仍是穿上唯一一套西裝，瑠夏則穿著剛買的淺藍色春季洋裝，還戴上家裡的早枝奶奶給她的適用於婚喪喜慶場合的珍珠項鏈。

同樣全身正式裝扮的我們，按下了石田貴惠小姐的門鈴。時間是晚上七點三十分，也是石田貴惠小姐下班回家用過晚餐後的時段。

那天問完小梢以後，請她聯絡了貴惠小姐。

貴惠小姐在一家精密機械製造工廠上班，不太遠，搭巴士就到了。上班地點雖是工廠，但她是坐辦公室的內勤人員，所以小梢傳了簡訊很快就得到回覆了。貴惠小姐不用LINE。

小梢說，貴惠小姐非常喜歡看電影。

搬到這裡不久，她發現公寓對面那家氣氛詭異的奈特咖啡館原來可租借電影，而且選擇性相當豐富，從此每逢休假日的前一晚必定上門租片。

她就這樣認識了小梢。小梢也是個電影迷，兩人很談得來，時常傳簡訊交換電影情報。

奈特咖啡館雖即將改變營業型態，仍會繼續提供租片服務。這對貴惠小姐來說想必是虛驚一場，可以放下心來。

「那，我按嘍？」

我和瑠夏都向小梢點了頭。

「好。」

叮咚，門鈴聲響起。

「來了。」

屋裡傳來應門聲，大門隨即被緩緩推開，出現了一位滿臉笑容的小姐。

「歡迎！」

「打擾了。」

貴惠小姐和小梢互相簡短地問候。我和瑠夏站在小梢後面九十度鞠了躬。

「不好意思，這麼晚打擾您！」

原本不想讓太多人知道這件事，所以只打算我和瑠夏單獨去，可是小梢說這樣她不放心，何況貴惠小姐根本不認識我們，還是讓她陪著去比較不尷尬。

我們想想也對，於是和她一起來到這裡。我們相信小梢在這方面非常謹慎，絕不會把話傳出去。

貴惠小姐是個平凡的女子。

這樣的形容很失禮，但她真的是個很普通的阿姨。

她身材不矮也不高、不胖也不瘦。若有人問我她的特徵，支吾半天之後仍是一個也講不出來。她就是一個這麼普通的阿姨。至於長相嘛……恐怕又要失禮一次，只能說是既不難看也不漂亮。

如果非得挑出一項來講，就是那一頭長度及肩的濃密捲髮，看起來像自然捲，還挺可愛的。

不過，可以感覺得出來性格誠懇。在她那股穩重沉靜的氣質背後彷彿隱藏著一段故事，但一點也不像是個會和有婦之夫外遇的人。

房子裡的格局也很普通，廚房、客廳和一間臥室。我現在才發現花開高地公寓是專為獨居者設計的。兩個人應該也住得下，只是擠了一點。

我和瑠夏跪坐在客廳的長桌前，向她致歉冒昧打擾，送上水果的伴手禮。

貴惠小姐訝異地表示我們太客氣了，接著說既然收到這麼貴重的贈禮不妨大家一起享用，然後把水果拿進廚房裡俐落地削切分塊後端了出來。

「用各位送的禮物招待，不好意思。」

「是我們不好意思。」

平蔬果是一家普通的蔬果鋪，以種類齊全而遠近馳名。在花開小路商店街上的餐飲店老闆幾乎一律在那裡採購蔬菜和水果。貴惠小姐說吃水果不適合配咖啡或日本茶，為我們送上紅茶。

這時我發現，貴惠小姐不是沖茶包，而是用茶壺沏了紅茶。擺在屋子裡的長桌和碗櫥看來一點也不起眼，但她用的餐具顯然相當高級。

貴惠小姐察覺到我不經意間到處打量的視線，看著我露出了微笑。

「是不是覺得我這個阿姨怎麼會用那麼高級的茶具？」

「啊，不是，我沒有那個意思！」

我有點慌張地否認。貴惠小姐再次露出溫柔的微笑，輕輕搖了頭。

「這是本条克紀先生，也就是美和子小姐的爸爸買來送給我的生日禮物。」

本条克紀先生。

我愣了一下，不由得和瑠夏對看。貴惠小姐看著我們的反應，點了點頭。

「不好意思，嚇到你們了。我從接到小梢轉達小昴有事想請教的簡訊時，就明白你們的來意了。」

「貴惠姊知道哦？」

貴惠小姐淺淺一笑，慢慢點了頭。

「我心想：哦，他們要來問本条先生的事了。大概是從美和子小姐那裡聽說了什麼吧。」

「對，沒錯！……啊！」

瑠夏話才脫口，隨即察覺自己惹了禍，伸手摀住嘴巴。性情豪爽的瑠夏偶爾會犯這種糊塗的失誤。

我緩緩地用力點了頭。爸爸交代過，和成熟穩重的大人交談時，自己也要表現出得體的態度，也就是言行舉止都要刻意放慢速度。

「我們並非故意隱瞞來意。」

我先向她強調這點，然後向她坦承一切。

「本条先生似乎在您生日那天來過這裡，沒有錯吧？」

「對。」

貴惠小姐點了頭。

「我們的高中同學美和子，也就是本条先生的女兒，也在本条先生那天開來的車子上。她躲在後車廂裡。」

「躲在後車廂裡！」

這句話大出貴惠小姐的意料，只見受到驚嚇的她摀住嘴巴，一旁的小梢也瞪大眼睛。

「為什麼呀？」

小梢問說。

我向她們說明事情的始末。

美和子恰巧看到爸爸 iPhone 的解鎖密碼，忽然想到每年自己生日的前一天爸爸總是遲歸，不禁懷疑爸爸有了婚外情，為了查證這件事，在慌張間鑽進後車廂裡就這麼被載了過來。

後來我在停車場發現她，答應由我負責調查真相。包括我們是如何查出是石田貴惠小姐的經過也告訴了她。

當然不能讓她知道是爸爸告訴我們的，而說都是我自己想出來的。這樣一來我似乎顯得特別聰明，可是也沒別的辦法了。

貴惠小姐驚訝連連。

「小昴，你好厲害喔，居然能夠靠著推理全部猜對！……啊，不好意思，直接叫你小昴了。」

「沒關係，大家都這樣叫我。」

幾乎沒有人用姓氏叫過我麥屋。

「所以，我們才來向您求證。」

我向瑠夏使了眼色，兩人一起端正坐姿，向她鞠躬。

「對不起，侵犯了您的隱私。」

「別這麼說，」貴惠小姐搖了頭。「造成你們這幾位年輕人的困擾，該道歉的人是我。」說完，她嘆了一口氣。「我害美和子小姐煩惱，實在抱歉。本条先生總說著，遲早該讓她知道這件事。」

遲早該讓她知道。

貴惠小姐抿了抿嘴脣，看著我們。

「這件事其實應該讓本条先生先告訴美和子小姐才對，現在卻變成先讓你們知道了。」

「我們保證……」瑠夏一臉正色，略微提高嗓門地說，「絕對不會說出去，只告訴美和子一個人！我是維特泊車隔壁的田沼當鋪的女兒。」

貴惠小姐點了頭。她應該已經從小梢那裡聽說了。

「經營當鋪的首要條件是嚴守祕密。就算會被神明打下十八層地獄，也絕對會守密到底！」

瑠夏將拳頭攢得緊緊的。欸，不必那麼誇張吧。

貴惠小姐同樣一臉正色地點了頭，隨即露出了微笑。

「也不是什麼天大的祕密啦，其實……」

「其實……？」

「本条克紀先生和我是兄妹。」

「兄妹！」

什麼？

「同父異母，也就是同一個爸爸，不同媽媽。」

本条的爸爸和貴惠小姐，這兩位的父親，也就是美和子的爺爺，在本条的爸爸還在上幼稚園的時候就去了另一個女子的身邊。簡單來說，就是他拋妻棄子，和外遇對象在一起了。

「那個外遇對象就是我的母親。」

貴惠小姐的眼神看了我們一圈。小說裡常出現的情節。雖然已是老掉牙的情節，卻是從古至今一再上演的人生百態。

不過，這可能是我第一次在生活中實際遇到這樣的人。

「不過，我和本条先生是在五年前才知道彼此的存在。」

「五年前？」

我不自覺地複誦一遍，貴惠小姐跟著點了頭。

「我自然知道這是爸爸的第二段婚姻，但並不清楚有本条先生這麼一個哥哥，也不曉得爸爸是拋棄了妻子和本条先生這個兒子之後，才和我媽媽結婚。我只知道他之前有個太太而已。後來……」貴惠小姐說著，望向地板。「……我前夫，正在服刑。」

服刑。

也就是犯過罪。

「知道那些細節對你們沒什麼好處，我就不多說了。總之，我愛上了一個不務正業的男人，為他背了債，從故鄉逃了出來，一個人過著躲躲藏藏的生活，慢慢還債。爸爸臨死前找到了本条先生，告訴他有個妹妹。」

貴惠小姐的父親，也是本条先生的父親，對本条先生說了這樣一段話：

我很久以前拋下了你，實在不應該對你說這些，但還是想讓你知道，你有個異母妹妹貴惠最近搬到了這個鎮上，她是個無依無靠又命苦的孩子，如果……如果……你覺得這孩子可憐，能不能見她一面呢？

我和瑠夏以及小梢一句話也說不出來，只能默默地點著頭。

「請問……」瑠夏問說，「令尊已經過世了吧？」

貴惠小姐點了頭。

「爸爸說了，能在臨走前見到本条先生真是太好了。本条先生也說自己放下了多年前被拋棄的一切怨恨，能見到父親的最後一面實在太好了。還有……」說到這裡，貴惠小姐微微一笑。「他很高興見到我。雖然兄妹倆各有不同的媽媽，畢竟身上流著相同的血。」

這就是所謂的血濃於水吧。小梢和瑠夏的眼中都噙著淚水。

「所以本条先生才會在貴惠小姐的生日那天來見您吧？」

「對。」貴惠小姐看著我。「他心腸很軟，看到我日子過得不好，想在金錢方面給我一些援助，被我婉拒了。即使是兄妹，說什麼都不能給親人帶來這種麻煩。最好別讓本条先生的家人知道他有個和罪犯結過婚的妹妹。當初若是爸爸沒把我的事告訴本条先生，他根本不需要和我這種人沾上關係。」說到這裡，貴惠小姐輕嘆一聲，抿了抿嘴，才接著往下說，「我告訴他，謝謝他的好意，但是不必擔心，只要拚命工作，女人自己一個人照樣活得下去。結果本条先生……我哥哥說，那麼至少每年幫我慶生吧。」

本条的爸爸對貴惠小姐這樣說……。

「他說，如果、如果我們是像多數人那樣一起長大的兄妹，哥哥應該會給妹妹慶祝生日，所以在生日那天他會帶禮物過來，兩人一起吃頓飯。」

貴惠小姐露出有些開心的微笑。

這麼說……。

「這些餐具和錢包，都是本条先生送您的禮物嘍？」

「是呀。還有這束花也是他送的。」

嗯，我進門後就看到了。

一束美麗的花插在花瓶裡。想必是花乃子姊或芽依包裝的花束。

一年只見一面的兄妹。兩人悄悄地慶祝生日。

「那麼，小昴是美和子的同學這件事也是……」

小梢問了貴惠小姐。

「沒錯沒錯！」她的神情顯得很愉快。「是我告訴本条先生的！他聽完嚇了一跳呢。

他說去過那家停車場好幾次，每回都會遇到一個年輕男孩，還以為是工讀生哩。」
這就是事情的真相。

【原來如此。】

爸爸一連說了幾次原來如此。車用收音機閃爍不停。之前沒特別留意，現在才覺得爸爸情感波動的幅度會透過面板指示燈閃動的頻率來呈現。

【真沒想到竟是這麼回事。你們嚇了一跳吧？】

「有點。」

「我可是嚇了好大一跳呢！」瑠夏說完，嘆了氣。「伯伯……」

【嗯？】

「到我家的客人很多都是情非得已，對不對？」

【是啊。】

瑠夏家經營的是當鋪。田沼當鋪。

「開當鋪的人，不會詢問客人來這裡的理由。除非對方主動提起，否則我們不會多問，只會鑑定他帶來的典當品，然後告知可以當多少錢。有人離開時面露鬆了口氣的表情，也有人離開時一臉惋惜的模樣。儘管明白對方有急用，看起來也像個好人，心裡很想幫幫他，但開當鋪的人最忌諱因一時心軟而伸出援手。」

【嗯。】

這是當鋪的經營方針。我從小常去她家玩，相當清楚。當鋪的營運方式是收下典當品，借出估價的金額。

「不過，」瑠夏接著說，「即使像這樣知道了實情，有時候還是連一點忙都幫不上。」

說著，瑠夏有些沮喪。

【是啊。】

我感覺爸爸彷彿輕輕地拍了拍瑠夏，然後摸了摸她的頭，就像小時候那樣。

【但這，這並不代表什麼忙都幫不上。瑠夏和小昴都為了美和子同學而努力奔走，她一定很感謝你們。】

「不曉得本条的爸爸會不會生氣啊？」

貴惠小姐說過，這件事她會和本条先生，也就是美和子的爸爸聯絡。

所以希望我不要先把事情一五一十地轉述給本条知道。這畢竟是父女之間、家族之間的私事。

瑠夏、小梢和我都同意貴惠小姐的建議，於是當場分頭聯繫。貴惠小姐給本条先生傳了簡訊，瑠夏給本条傳了LINE。

說不定這時候本条正在聽她爸爸解釋這件事。

【我認為本条同學的父親不會生氣。他應該也想讓家人知道這件事，或許原本這幾天就打算告訴他們了。】

「理由呢？」

【嗯。】爸爸說道，【我之前說過，本条同學的父親告訴小昴他是『你同學的爸爸』，由此可知，他雖然沒讓本条同學知道自己要來這裡，卻也不覺得這件事需要保密。甚至很可能在聽到貴惠小姐提到小昴的時候，心想正好利用這個機會說出來。】

「什麼機會？」

【也就是當他得知女兒的同學和自己的妹妹住在同一座小鎮的同一條商店街上的時候，覺得坦白一切的時機到了。如果爸爸和本条同學的父親遇到同樣的狀況，應該會這麼決定吧。】

☆

維特泊車的營業時間到晚上十點為止。偶爾有車子留在這裡過夜，今天停放的車子都開走了。

最後一輛車是達特桑的皮卡車，顏色是藍的，十分破舊。車身鏽跡斑斑，載貨台甚至有窟窿。

這輛車平常絕對沒有維修，到現在還能上路根本是奇蹟。胎紋幾乎都磨平了。真讓人擔心會不會出車禍。

這輛車久久會來停一次。

車主是一名中年男士，看不出來從事什麼行業，只能確定絕對不是一般的上班族。原因是他的頭髮亂蓬蓬的，鬍子從來不刮，更別提身上的衣服了。破了洞的運動服照穿不誤，恐怕無家可歸的遊民穿得都比他像樣。

這位顧客今天同樣是最後一位離場。這已經成了慣例。他來停車時，總是打烊前才把車開走。

還有一點……。

「爸爸。」

【嗯？】

「剛才那位……」

【嗯。】

「他是偶爾來停車的客人，每次來取車時總是出示『南龍』的收據。」

【是專程來吃拉麵的人吧。】

是的，南龍是位於三丁目的拉麵店，他們家的醬油拉麵堪稱一絕。

「我以前從來不去看……」

在本条的爸爸那件事之後，我開始會看一下收據。

【最近才發現他拿來的收據，結帳金額總是超過三千圓。】

在花開小路商店街上的商家消費滿三千圓即可免費停車兩小時。因此那位客人向來不必支付停車費。

【超過三千圓？】

南龍的拉麵再貴也不超過六百圓。

「一個人吃得了五碗嗎？」

【這個嘛……】
爸爸開始思考，車用收音機亮了又亮。

四　吃五碗拉麵的男人與粉紅色的盒餐店

我非常肯定，自己的興趣是閱讀。

我並不討厭運動，參加各類體育競賽也大多能獲得好成績，但比起在戶外活動筋骨，更喜歡像這樣待在室內坐在座椅或沙發上翻閱書籍。

我也喜歡看電影、電視影集和漫畫，不過最愛的還是小說。故事情節自然引人入勝，而真正使我著迷的是閱讀文字的過程。因為連厚厚一本使用說明書我都能看得津津有味，只有讀到詞不達意的拙劣文章才會令我痛苦萬分。我認為寫出那種文章根本是一種犯罪行為。

我想過要不要買 iPad 或 Kindle 來讀電子書，但若有錢買閱讀器，倒不如把那筆錢拿去買二手書來得划算。等到有一天賺了很多錢以後或許會買，可是這家停車場大概賺不了那麼多錢……吧。目前手上這支iPhone也能讀電子書，只是用這麼小的螢幕看故事，感覺似乎差了那麼一點點味道。

（哇，好涼喔！）

一陣舒爽的涼風穿過雪鐵龍。這一帶通常在上午時段吹北風，到了晚上則吹起反向的南風，這時就會聞到從商店街那邊飄送過來的各種氣味。

以雪鐵龍為家的缺點是沒有冷氣。

要裝也不是不行，可是這樣一來就得一直開著引擎，對地球環境和我的錢包都是傷害。所以天熱時我就把車窗和車門全部敞開再加上電風扇。

一般的住家五月份還不需要開冷氣，可是全由鐵板組構而成的雪鐵龍一旦受到陽光的曝曬，車裡就會熱得不得了。所以天氣晴朗的時候得把門窗統統敞開，電風扇也開啟最強風力。到了夏天，我會仿效老人家的智慧，去附近一家不在商店街上的冰店買冰塊回來裝到盆子擺進車裡，內部空間小，很快即可降到舒適的溫度。盆子裡的冰塊融化成水之後可以拿去洗車，或是灑在地面減少揚灰與降溫，可說是一舉兩得。

像電風扇和盆子這些只在某些季節才用得到的大型物品，用不到的時候都借放在弦爺家裡。

「爸爸。」

我闔上正在讀的書，喚了爸爸。車用收音機的調頻的顯示窗口瞬間亮了起來。

【怎麼了？】

「弦爺快七十了吧？」

【是啊，如果沒記錯，今年六十八歲了。】

「我曉得他現在還很硬朗……」

弦爺的嗜好是鍛鍊身體，至今依然維持每天跑八公里的習慣，家裡有槓鈴，現在還能輕輕鬆鬆地把我整個人舉起來。外表看起來雖是一位老爺爺，但衣服一脫便露出令人咋舌的精實肌肉。

「可是萬一哪天有個閃失……他的家人都不在了吧？」

雖然聽不到附議的那聲「嗯」，仍可感覺到在車用收音機後面的爸爸彷彿正點著頭同意我的話。

【畢竟弦爺沒有家室。】

他的父母和兄弟姐妹皆已辭世，而且雙親都是獨生子女，所以也沒有親戚。若是努力尋找，說不定還是可以找出遠房親友，但弦爺表示毫無線索可尋。

「不是我烏鴉嘴，日後駕鶴西歸之時，就得由我送弦爺最後一程。」

【是啊……】爸爸頓了頓，接著問道，【正在讀的那本書裡提到相關的內容嗎？】

「理查・布羅提根的《在美國釣鱒魚》。沒有提到這樣的內容，只是忽然想到而已。」

我的大腦剛才做了聯想遊戲，思考的流程是這樣的：釣鱒魚↓釣魚大都是自己一個去的↓孤獨↓要是孤伶伶地在河邊死掉那就糟糕了↓家人得知噩耗↓一定很傷心↓我沒有家人了↓弦爺的屋子就在這時映入眼中↓弦爺同樣沒有家人了。

「忽然覺得，不必再去學校的好處是，每天多出很多時間讓自己思索很多事情。」

【這樣啊。】

「而且我不用到公司上班。」

如果進了一般公司上班，每天光是學習業務和適應新的生活步調就吃不消了，恐怕沒有多餘的心力思考事情。

【或許吧。爸爸變成這樣以後，也多了不少時間思考各種問題。】

「我想也是，您只剩下這件事能做了。」

【沒錯。……對了，】爸爸接著說道，【你已經畢業進入社會了，往後多和弦爺聊

聊人生的話題。】

「嗯。」

雖然經營的是坐等顧客上門的停車場，適當的休息還是必要的，另外也得外出買東西和辦些生活雜務。每當我需要一兩個鐘頭的休息時間，總是請弦爺代班。弦爺一向沉默寡言，唯有代班坐在這裡的時候，才會和爸爸談天說地。

車用收音機再度閃動。原以為爸爸要說些什麼，空氣中卻只有沉默繼續流淌。

「怎麼了嗎？」

問完，車用收音機又閃了一下。

【每當聊起這個話題，總覺得對你很愧疚。】

「哦——」

原來如此。

「我不是故意提起那個話題的喔。」

【我明白。然而身為父親，心裡還是很難受，或者說感到遺憾。】

「別想那麼多啦。」

是的，我孑然一身。

爸爸已經走了，爺爺和奶奶更早之前就不在人世了。

而且，我也沒有媽媽。

我猜她應該還活著，但是不在身邊。我不知道媽媽的長相，家裡也沒留下她的照片。自懂事以來家裡就沒有媽媽了，不過我從來不曾覺得傷心或是寂寞。

因為瑠夏的媽媽智佐繪太太視我如子、祖母早枝奶奶也待我如孫，她們平時對我關懷呵護，但該嚴厲的時候絕不縱容溺愛。

聽大人說，爸爸和媽媽剛生下我就離婚了。至於原因，等長大以後再告訴我。

直到爺爺去世的時候，爸爸才讓我知道媽媽離家的理由。那時病情已逐漸惡化的爸爸將隱瞞多年的事實告訴了我。

媽媽生下我不久，就跟著別的男人走了。

她留下了填妥的離婚申請書，爸爸寫完後送去公所了。

那個男人是誰？她去了哪裡？現在在做什麼？全都沒有線索。這十幾年來徹徹底底斷了音訊。

說不定已經不在人世了，可惜就連是生是死也無從查證。

就是這樣。

聽完爸爸講述時，我的感受是「哇……」。

那個時候我已經讀過不少小說了，心裡只覺得：原來在真實世界裡真的會上演故事般的情節耶。不知道該說是冷靜抑或冷酷，總之我既沒有流淚，也沒有憤怒。

並且，我對媽媽沒有一絲一毫的恨意。由於幾乎不曾見過她，自然也想不起她的樣貌。要恨一個人，至少得知道對方的容貌，否則連恨都無從恨起——這一點，我比任何人有著更深的領悟。

所以，心裡只覺得「原來是這麼一回事喔」。

大概是因為和爺爺、爸爸以及瑠夏的田沼家在一起的生活開心又歡樂。

大概是因為自出生以後，大家都對我百般呵護，給我無比的幸福。

因此，我從來不覺得媽媽不在身旁會有什麼困擾或是寂寞。

我心中只有滿滿的感激。

瑠夏家的早枝奶奶告訴過我，媽媽身材高瘦、有張瓜子臉，算得上漂亮，但透著一股令人摸不透的神祕感。媽媽是在爸爸教書的學校擔任行政人員時結識了爸爸，兩人婚後不久就生了我，她實際住在這裡的時間只有一年左右，商店街的多數居民對她沒什麼印象。

早枝奶奶叮囑我一定要好好記著，媽媽雖是拋下兒子的狠心女子，但不至於是喪盡天良的壞女人，因為媽媽結婚時很傷心，由於自己和父母相處不睦早早離了家，以致於婚禮上連一位她的親友都沒有。

關於媽媽的事，我只知道這些了。

謝謝媽媽生下我。如果有朝一日能夠見到她，我只想問一個問題：

發現自己不愛了，是什麼樣的感覺呢？

媽媽應該是和爸爸相愛，才會和爸爸結婚生下我；可是後來之所以扔下爸爸和我不告而別、跟著另一個男人離開了，應該是不再愛爸爸也不再愛我了。

我沒有那種經驗，不明白那是什麼樣的感覺。

每天中午十二點以後，進出停車場的車輛總是稍微多一點。開著公司車的外勤職員會在這個時段來到商店街上經常光顧的店家用餐，通常一點過後他們就會把車開走。等到我覺得自己也該吃午飯了，那時差不多是一點半。

今天照樣正打算吃午飯時，車用收音機亮了起來。

【小昴，三毛小姐來了。】

「三毛小姐？」

門側後視鏡對著花開小路商店街的方面，所以爸爸會先看到從那邊走過來的人。

我望向車窗外，三毛小姐朝我笑著揮了揮手。

「小昴，你好！」

「您好！」

三毛小姐的本名是三家明。她說這個姓氏並不常見，因而從小被取了個三毛的綽號①。

她並不是在商店街出生長大，大約在我上中學時才搬到這裡的，有時會在一丁目的赤坂食堂前面做街頭表演。她不僅漂亮，還有一副好歌喉，又是赤坂食堂的小淳刑警的

①此處姓氏「三家」的讀音為「Mitsu-ya」，但「三」、「家」這兩個字亦可讀做「mi-ke」，恰與「三毛」的發音相同。日文中的「三毛」是指身上同時有黑、白、褐三種毛色的花貓。

女朋友，在這一帶小有名氣。

再過不久，三毛小姐就要和小淳刑警結婚了。瑠夏說，這樣一來，她的名字就會從三家明變成赤坂明，那麼以後還可以繼續稱她「三毛小姐」嗎？這個問題值得想一想。

「有件事麻煩你。」

「您請說。」

「今天傍晚有個朋友會開車來找我，大概五點左右吧。我朋友要在這裡住一晚，可以把車子放在這裡過夜嗎？」

「沒問題。」

「這是車主的姓名和車號，預計明天傍晚開走。」

商店街上的停車場並不多，即使有停車的空間，頂多只夠容納一輛自家車。每當有親戚或朋友開車來過夜時，常會停放在這個停車場。這種情形的計費方式是，在停車場的營業時段之內給予七折優惠，屬於非營業時段的部分則完全免費。

三毛小姐從仁太先生手中接下了位於三丁目的奈特咖啡館，目前正在重新裝潢。至於箇中緣由我並不清楚。

即將成為新居的二樓也同步裝潢。預算有限，因此三毛小姐和小淳刑警兩人親自設計和施工。不過小淳刑警工作繁忙，實際上都由三毛小姐親力親為。舉凡動手創作的領域，包括美術和工藝，三毛小姐樣樣精通，所以從椅子到櫃子都是她一個人做出來的。喔，小梢說三毛小姐做家具和刷油漆時她常在一旁當小幫手。

「那就麻煩你嘍！」三毛小姐說完，往車裡瞥了一眼。「我是在去吃午餐的路上順便來找你的，今天沒和瑠夏一起吃便當嗎？」

「喔，我打算今天去外面吃，或是買個便當回來。」

瑠夏今天不在，去東京參加當鋪業者的研習會了。

「便當……去那家買嗎？」

三毛小姐指著對面那家盒餐店。這間店的位置不在花開小路商店街上，不過即將加盟花開小路商店會。店名是「丸一盒餐」，餐點十分美味，不是連鎖品牌。粉紅色的招牌特別引人注目。

「那家做得很好吃。」

三毛小姐點頭同意。丸一盒餐開店至今只有一年，餐點滋味可口。

「要去買嗎？我一直想去那裡買個便當嚐嚐看。」

「喔，好啊，一起去買吧！」

路。

我向弦爺喊了聲要去買個便當，就和三毛小姐沿著人行道走到交叉口等紅綠燈過馬路。

「……好像是第一次哦。」

「什麼第一次呢？」

「我和你一起走在路上。」

「喔，對耶。」

瑠夏很喜歡三毛小姐的歌聲，常去聽她演唱，我也陪著一起去。在接手奈特咖啡館之後三毛小姐有很多事情要忙，只好暫停街頭演出，不過小梢說三毛小姐以後可能會在店裡演唱。

「哪一種比較好吃呢？」

「每一種都好吃！我要南蠻炸雞盒餐和蔬菜沙拉。」

三毛小姐站在櫃臺前想了一下，決定買滿意蔬食和什錦飯盒餐。現場只有我們兩個客人，應該很快就做好了。

這家盒餐店裡通常有三個阿姨，同樣穿著淺粉紅色的圍裙和帽子，口罩則是一般的白色。我每次來買便當時都覺得要是口罩也能換成同系列的粉紅色那就更好了。

三毛小姐饒有興味地看著櫃臺後面的廚房，我也跟著看向那邊。

「對了，新開幕的店會提供餐點嗎？」

奈特咖啡館在仁太先生獨自經營時沒有提供正式的餐點，在小望哥來了以後才開始供應美味的晚餐。我猜三毛小姐之所以觀察其他餐飲店的廚房，或許是為了日後備餐時的參考。

「我正在考慮，畢竟商店街上已經有很多家美味的餐飲店了。」

「說得也是。」

目前還沒有人確切知道奈特咖啡館會變身為什麼樣的店。三毛小姐刻意保密，這樣在開幕時才能帶來更大的驚喜。

買完便當走回來，本以為三毛小姐也會進來雪鐵龍一同享用，結果她向弦爺問安後再次對我說了句麻煩你囉，然後就走回奈特咖啡館了。原來她真的只和我一起去買便當而已。

【三毛小姐回去了嗎？】

「嗯，回去了。」

我揭開便當盒蓋，車用收音機閃了幾下。

【原以為她會一起吃便當。】

「我也這麼想。」

總覺得三毛小姐有點高深莫測，大概是我想太多了。畢竟三毛小姐早在和小淳刑警交往之前，已是一位大家口中的神祕美女了。

☆

每逢蚊蟲出沒的季節，入夜後不能繼續開著雪鐵龍的車門車窗，弦爺特地在所有的開口處裝上紗窗。當然是開闔式的。弦爺的手真巧，除了電腦之外的機械沒有不會修理的，而且精通工藝。雪鐵龍的內部改裝都是弦爺一手包辦。我很想向他學習那些技術，又覺得自己大概沒那個天分。

桌上的 MacBook 是田沼當鋪便宜轉讓的流當品，其實上網也是透過瑠夏房間的 Wi-Fi 路由器。說起來事事都仰賴田沼家，心裡很過意不去，但是她們總說在我可以獨當一面之前不必客氣。我計畫到了二十歲以後必須自食其力。

維特泊車位於花開小路商店街拱廊後側的北角。這邊面向國道，車流量較大，獨樹一幟的引擎聲每每會吸引我的注意。

這一天，晚上八點過後。通常這時候不太有人來停車，一個鐘頭頂多來一兩輛，生意就算不錯了。

當那個引擎聲傳來時，我暗叫一聲「喔」，隨即從 MacBook 的螢幕抬起視線。是那個很有特色的引擎聲——不是炫酷的，而是一種老舊的聲音。

自從上次有些介意之後，我仔細回想了一下，發現那位車主可說是固定來訪。大約一個月來一次吧。這樣算來，差不多是時候了。

「爸爸。」

【怎麼了？】

「他來了。」

【他？】

「就是吃五碗拉麵的那個人。」

【喔，】爸爸說道，【你是指南龍的那位顧客。】

對，就是那位開著一輛車齡極為老舊的藍色達特桑皮卡車、每次來取車時總是出示南龍拉麵店收據的車主。

瞧，我猜對了吧？那輛達特桑開進停車場了。車子的外觀還是一樣破舊，車主也依然頂著一頭亂髮、穿著一身運動服，踏出駕駛座。

「歡迎光臨！」

那位先生點著頭，遞了車鑰匙。他來過很多趟，應該不必再告知營業時間到晚上十點為止了，但為求慎重起見，還是再問一次。

「這裡營業時間到十點為止。」

他點了頭。

「您的車子不會留在這裡過夜吧？」

我一面詢問，一面將打上時刻的停車票卡交給他。他再度不發一語地點了頭，朝商店街走去。

「請慢走！」

他離開的步伐不快也不慢。我走出雪鐵龍，把達特桑停到空位上。這輛車真的太破舊了，不禁令人懷疑去驗車的時候能夠通過嗎？

「您覺得如何？」

我問了爸爸。爸爸沉吟片刻，說道：

【車子確實挺老的，但是沒有發現任何可疑之處。既然他都按照規定出示了消費收據，應該沒什麼問題吧。】

「目前看來是這樣沒錯……」

我不認為有人會大費周章地偽造消費收據。

「可是，五碗拉麵耶？」

記不清楚收據上的細目了，也許不是五碗拉麵而是炒飯之類的，反正總額大約三千圓左右。

「您覺得有哪幾種情況？」

【這個嘛……最有可能的情況是那名車主是個大胃王，並且酷愛南龍的拉麵，所以定期報到並且輕而易舉地吃完五碗。】

沒錯。

世上有很多大胃王，五碗拉麵對他們來說只是塞牙縫罷了。

【另一種可能是那名車主和其他人約在南龍一起吃麵，並且由他全額買單。】

「啊，對喔！」

我沒想過這種可能性。這才是最直覺的推論。

【不過，一群人約在沒有包廂的普通拉麵店吃完拉麵之後就散會，實在有點難以想像。你說車主是中年男士吧？】

「對。」

我不確定所謂中年的定義大約是幾歲。

「看起來像是四十幾到五十幾歲左右。」

【那個年齡層的男人通常會約在某家餐酒館吃吃喝喝吧？首先，南龍不提供啤酒，而且既然是去酒局，應該不會開車赴約。如果往善意的方向想，說不定有個祕密的『南龍拉麵愛好會』，該會的成員定期在那裡集合享用。】

「喔。」

這個發想還滿有趣的。

「大概不太可能吧。」

【雖然不希望是那樣，不過……】爸爸接著說道，【第三種可能，如同你所擔心的，南龍在收據上稍微動了手腳，而這麼做的理由是為了免繳停車費。換句話說，那位達特桑的車主和南龍的隆美老闆之間有著複雜的密切關係。】

「複雜的密切關係？」

【嗯。】爸爸肯定地說道，【假如是摯友或親戚到店裡吃了好幾碗拉麵，隆美老闆大可直接請客，根本不需要打收據。停車費也是，如果想讓來客免繳，只要撥通電話給你告知不必向那位達特桑的車主收費就行了。】

「之後隆美老闆再來代為付款。」

【正是如此。可是隆美老闆沒有選擇那麼做，而是特地打了收據。合理推測這麼做的唯一目的是為了協助顧客免繳停車費，並且不希望讓包括你在內的任何人知道自己這麼做。】

「也就是說，基於某些特殊的緣由使得隆美老闆非這麼做不可。可是，一般人拿到收據時應該會發現自己明明只吃了一碗但收據上打的卻是五碗吧？」

【不可能沒發現。這表示那名車主也默認了這件事。既然是他們之間的默契，我們就不宜介入了。】

原來如此。

【不過，這充其量只是推測。如果你還是很在意，可以走幾步路去南龍的店門外看一下情況。】

「這樣好嗎？」

【只在門外看一下應該無妨。假如車主果真在享用拉麵，我們也就無須多慮，不必多管閒事。】

「那我去一下。」

弦爺剛才去澡堂了。我抬頭望向瑠夏的房間，燈是亮著的，所以傳了 LINE 請她幫忙看著停車場。

【記得在店門外看一下就好。】

「知道了。」

看到瑠夏站到窗前朝這裡揮手之後，我便轉身出發了。平常要去上個廁所或到超商買個東西時，都是像這樣請瑠夏幫忙。

南龍拉麵店和停車場同樣位於三丁目，近在咫尺，走過去不用一分鐘。南龍是這條花開小路商店街上的老店，在地經營一甲子歲月，現在由第二代的隆美老闆和雅子太太掌理。讀中學的真吾和上小學的雙胞胎萌繪及佳惠也會利用假日到店裡幫忙。

這家店並不大，只有能容納十人的櫃臺座位和兩張桌席而已。牆上掛著藝人的簽名，全都是我不認識的老明星。

店裡販賣的品項有醬油拉麵、鹽味拉麵、什錦炒飯、白飯和醬菜，還有兩道每日更換的家常菜。就是一家如此樸實的拉麵店。常客甚至會點用什錦炒飯搭配拉麵純湯的隱藏菜單。隆美老闆向如今已過世的母親學來的自家醃漬的米糠醃菜和醬菜被譽為天下第一。

商店街上還有另一家拉麵店名為「政拉麵」，店齡不到十年，招牌餐點是味噌拉麵，近來增加了沾麵等新菜色，受到學生族群的喜愛。南龍的顧客則以上班族和社會人士為主，兩家店各有不同的客群。

我慢慢晃到那裡，裝做不經意地朝店內投去一瞥。

達特桑的車主果然在裡面。

並且正在吃拉麵。

店裡還有幾位客人，那名車主和其他客人一樣坐在櫃臺前吃著拉麵，但不像是吃了很多碗的樣子。擺在他面前的麵碗，只有正在吃的那一只而已。

從這裡看不清楚他是否露出了十分享受的表情，感覺上和一般人吃麵的樣子一樣。隆美老闆和雅子太太正在櫃臺後面忙著備餐。整家店看起來沒什麼不尋常的。

我返回停車場。剛鑽進車裡，已經坐在副駕駛座上的瑠夏便迫不及待地問我：

「那個吃五碗拉麵的人看起來怎麼樣？」

喔，她已經從爸爸那裡聽說了。我並不覺得意外，反正這件事沒必要瞞著瑠夏，而她來代班時也一定會問爸爸我去哪裡了。

「很正常啊，就在吃拉麵。」

【隆美老闆也沒有露出異樣的神色吧？】

「是啊，至少我看不出來有什麼問題。」

【這麼說，我們還是不介入為宜。南龍的老闆當然有權利請顧客吃拉麵。】

「是啊。」

我點頭同意。瑠夏皺了皺眉，有些不高興地嘟起嘴巴，最後仍是點了頭。

「不過，那輛車一定是從很遠的地方來到這裡的吧？」

「從很遠的地方來的？」我反射性地看向那輛達特桑。「妳怎麼知道的？」

瑠夏瞪大了眼睛，彷彿不敢置信我會問出這種蠢問題。

「因為我剛才去看過那輛車了，輪胎上面沾滿了泥土呀！也就是說，那輛車平常行駛的路段不是柏油路，應該是山路或是農田附近沒鋪瀝青的產業道路。」

車用收音機亮了幾下，爸爸發出了一聲讚許。

「這附近有泥土路的地方就是雛形町，還有櫻山那個方向的路段，對吧？當然也可能是從更遠的地方來的就是了。」

「對喔。」

瑠夏的分析有道理。我一直沒察覺這一點。附著在輪胎上的大量泥土從這裡就看得很清楚。櫻山那個方向大都是田地，而且從後山上去櫻山的那條路也是沒鋪柏油的山路。

【瑠夏的觀察力真敏銳！】

「您過獎了……嘻嘻！」

瑠夏難為情地笑了。

【這樣的觀察力想必是從小到大在當鋪裡見過形形色色的人所培養出來的。】

「應該是喔。」

對，早枝奶奶也說過，經營當鋪必須具備鑑定物件的專業知識，以及明辨典當者人品的洞察力。

☆

九點半過後，停車場即將打烊，這時，車用收音機忽然亮了起來。

【是他吧？】

我抬頭一看，有個先生正從商店街那邊走過來。對，就是那個吃了五碗拉麵的人。

「您來取車了。」

車主點了頭，遞來收據。果然上面的總價又是三千圓左右。

「好的，可以折抵停車費。感謝惠顧！」

我交出車鑰匙，不發一語的他只點頭接下，步向達特桑，然後開車門，坐進去，將鑰匙插進鑰匙孔。

「咦？」

一陣尖銳的發動聲傳來，可是引擎並沒有順利啟動，無法點火。同樣的噪音反覆了幾回。

【發不動？】

「嗯。」

我踏出雪鐵龍，走向達特桑，只見車主微微皺眉，搖下車窗。車子老，配備也是舊式的手搖車窗。

「無法發動引擎嗎？」

滿臉鬍子的車主聽到詢問，抬眼看我，苦笑著點了頭說道：

「傷腦筋啊……」

這個意料之外的笑容和聲音令我有些訝異，因為以前他一直是面無表情，也不曾開口說話。

他的笑容和聲音都讓人感覺很舒服，散發著一種從那不起眼的外表所難以想像的知性氣息。

大概是聽到了引擎無法發動的聲音，弦爺走出家門過來探看狀況。

「發不動嗎？」

「好像是。」

弦爺湊近窗前，對車主說道：

「我以前是汽車維修師傅，就住在隔壁，不介意的話請打開引擎蓋，我可以幫忙檢查一下。免費的，不會向您收錢。」

「不好意思，那就勞駕您了。」

「小昴，帶這位先生到雪鐵龍裡坐一坐。」

「嗯。」

這位車主隨著我在雪鐵龍的沙發落坐之後，興味盎然地打量著車裡的陳設。我端了杯咖啡請他喝，他客氣地躬身致謝，又說了一次不好意思。

我坐在對面，在車內明亮的照明下望著他，同時深切反省。以後絕不可再以貌取人了。

雖然他穿著有破洞的運動服，但身上並沒有異味，反而散發著柔軟精的香氣，這表示他穿的是洗得乾乾淨淨的衣物。還有，那頭亂蓬蓬的頭髮也飄出一股洗髮精的香味。

換句話說，他是梳洗打理一番之後，才來南龍吃拉麵的。

他在車裡環視了一圈，說道：

「我從以前就覺得，這真是一輛好車。」

「謝謝誇獎。」

聽到回答後，車主直視著我，眼神十分清澈。

「令祖父史郎老闆已經仙逝多年了……」

「咦？」我嚇了一大跳。「您認識我爺爺？」

「當然認識，我也是在這裡長大的。」

在這裡長大的。

車用收音機閃了閃，但他似乎沒有留意到這個不尋常。想必爸爸也同樣吃驚。

他露出和藹的微笑，點了頭。

「我也是南龍的兒子。」

兒子？

「這麼說……」

「隆美是我弟弟。」

換句話說，他是隆美先生的哥哥。

原來是這麼回事。

「我還住在這裡的時候，史郎老闆的保修廠是小傢伙們最棒的遊樂場，雖然跑進去玩一定會挨罵，可是男孩子嘛，最喜歡到那種滿屋子機器的地方了。」

的確，我小時候也很喜歡在爺爺的保修廠玩耍。

「住這附近的小傢伙們常到保修廠後面的那一小塊空地玩。史郎老闆特地為我們保留那些淘汰下來的螺絲和螺栓之類的零件，放在箱子裡。大家從裡面各自揀選喜歡的，擦拭乾淨以後珍藏在寶物盒裡。現在的小孩大概沒辦法體會吧。」

我心想：不，我懂。因為小時候我也一樣會向爺爺索討淘汰的汽車零件。

車主聽完我的解釋，輕輕「哦」了一聲，點了頭。

「你是小昴吧？」

「是的。」

「我叫秋山隆昭。」

對喔，南龍拉麵店是由秋山家經營的。這位隆昭先生和隆美老闆果然是兄弟。

「請問您在這裡住到幾歲左右呢？」

「嗯，」隆昭先生點了頭，「大約住到高中吧。」

喔，隆昭先生在這裡住到高中……。我看不出他現在的年齡，只曉得隆美老闆目前五十歲上下，由此推測，隆美老闆的哥哥讀高中起碼是三十五年前的事了。這樣算來，爸爸那時候也還是小孩子。不知道爸爸認不認識這位隆昭先生呢？

五　拉麵碗與留在吉姆尼裡的信箋

引擎順利發動的聲響傳來，隆昭先生低呼一聲「喔」。我們同時望向車窗外，只見弦爺闔上引擎蓋，朝這邊走來。

「修好了？」

弦爺點著頭答道：

「只是火星塞積碳而已。已經清乾淨了，可以再開上一陣子沒問題。」

「不好意思，給您添麻煩了。」

我們一起踏出雪鐵龍，隆昭先生向弦爺鞠躬道謝。

「不過……」弦爺回頭看著那輛達特桑，接著說道，「您應該很清楚，坦白說，車子實在太老了，隨時都有可能壽終正寢。如果還想繼續開，建議您送去專業的維修廠從引擎到車身全部都要徹底大修才好。」

「我明白。」

「需要幫您介紹維修廠嗎？」

不用多說，弦爺在那方面自是人面廣闊。然而隆昭先生卻微微一笑，搖了頭。

「恐怕得花上不少錢。」

「的確。」弦爺也點頭附議。「若要全部修好，倒不如買一輛性能佳的輕型汽車。」

「您說得是。」隆昭先生露出苦笑。「我會努力延長它的壽命。感謝您幫忙解圍！」

他行了禮，走向車子坐了進去，朝我和弦爺揚手示意，接著緩慢地將達特桑駛離了停車場。如果他停留的時間再久一點，說不定就能問出五碗拉麵的緣由了。

「車子的狀況很糟嗎？」

「即使開到半路突然熄火也不奇怪。看起來平時似乎沒怎麼保養，再加上車子老，少說也有三十年了。」

弦爺補充說道，那輛車還能在路上跑簡直是奇蹟。

對了，問問弦爺吧！

「您認得剛才那位車主嗎？」

弦爺一臉納悶地看著我。

「不認得呀，怎麼了？」

「他說自己是南龍拉麵店那位隆美老闆的哥哥，名叫秋山隆昭。」

既然隆昭先生認識爺爺，應該也認識當時和爺爺一起工作的弦爺，可是他剛才沒有和弦爺敘舊。當然，無法排除弦爺在這裡工作的時期和隆昭先生住在家鄉的時期並未重疊的可能性。

「你說他是南龍的隆昭？」

一臉錯愕的弦爺旋即望向達特桑離去的方向。

向來氣定神閒的弦爺竟會面露訝異之色，不禁令我吃驚。

【弦伯。】

雪鐵龍裡傳來爸爸的聲音，弦爺和我隨即上了車。

【剛才那位車主確實說了自己是隆美老闆的哥哥隆昭。】

聽到爸爸的證實，弦爺蹙起雙眉。

「此話當真？」弦爺仍是難以置信地側著頭，「我完全認不出來。」

「弦爺認得這個人哦？」

「認得。」弦爺雙手抱胸，抬頭望著雪鐵龍的內側車頂尋思片刻，說道，「當時我約莫三十來歲，這樣算來還不到四十年，是三十八年前的事了……那小子離家出走了。」

「離家出走？」

「不對，」弦爺再度側著頭思索。「或者是更早以前吧，那時他應該還沒高中畢業。」

「爸爸呢？那時候爸爸還是小孩子嗎？」

【大概是剛要上小學吧。印象有點模糊，但是知道南龍拉麵店有一對兄弟。或者應該說……】爸爸頓了頓，往下說道，【是在聽到小昂和隆昭先生的談話後才想起來隆美老闆有個哥哥。】

「沒在一起玩過吧？」

【那個年代商店街上孩童眾多，高中生和幼兒園生沒什麼交集。況且我們是汽車保修廠，並未加入商店會。】

對喔，以前好像聽大人提過這件事。

「話說回來，」弦爺開口說道，「儘管他表明了自己的身分，我還是不敢相信他就是隆昭。雖然沒有十成十的把握，可是從他臉上一點也看不出小時候的模樣哩！」

「變了很多哦？」

「是啊。」弦爺頷首附和。「我記得他們兄弟倆長得不太像，他要比隆美帥多了，可是剛才那個男人卻不折不扣是個落魄潦倒的中年人。」

將近四十年，是一段漫長的歲月。過了那麼久，任何人的相貌都會變得不太一樣。

「您聽說過他離家出走的原因嗎？」

「沒有。」弦爺看著我。「啥都沒聽說。說來慚愧，我年輕時相當認生，沒怎麼和商店街的人往來，不過……」弦爺頓了頓，垂眼思索片刻。「史郎兄曾經提過，南龍拉麵店的那對兄弟的性格完全相反，哥哥根本不聽管教，讓家裡的大人頭疼得很。」

不聽管教……。

「他當過不良少年嗎？」

「差不多吧。雖然沒惹過什麼天大的麻煩，但也進過幾趟警局。對了，正因為如此，所以當時聽到他離家出走的消息時，只覺得是遲早的事，沒啥好驚訝的。」

「這麼說，弦爺也不知道他離家出走之後的下落吧？」

弦爺輕輕搖了頭。

「什麼都沒聽說，只曉得他離家出走了。小司也一樣吧？」

【我連他離家出走這件事都不知道。】

「以前聽人說過，自從離開之後，他一次都不曾回來。」

一個高中生離家出走之後連一次都不曾回來，不難想見他在外面的日子過得有多苦。

【就是這位隆美老闆的哥哥，已經光顧南龍拉麵店一陣子了。】

「光顧南龍？」

我們還沒告訴過弦爺五碗拉麵的事，於是向他敘述了事情的經過。

「原來如此。」弦爺頷首說道，「這麼說，他從好幾個月前就定期來南龍吃拉麵嘍？」

「我記得的部分就至少來過五次。」

「唔，那輛達特桑我的確在這裡看過幾回。」

不單是弦爺和我，相信爸爸也有同樣的印象。我們三人陷入了沉默。

離家出走的哥哥去店裡吃拉麵。說不定他在更早以前就去過了，至少駕駛那輛達特桑來吃麵是從幾個月前，大約半年前開始的。

問題在於……。

「這算是好事吧？」

弦爺原本要點頭同意我的說法，卻又改變主意似地側著頭納悶問道：

「小司，這算得上好事嗎？」

【我也希望是好事，只是還是有點掛心。】

「你是指五碗拉麵吧？」

【是啊。】

「五碗拉麵的事確實讓人介意，讓人不知道該不該為兄弟倆的重逢感到欣喜。」

【不過，這終究是兄弟之間的問題，我們這些外人還是不要介入多加過問比較妥當。】

爸爸的話有道理。

【假設是隆美老闆兩兄弟有金錢往來或借貸，於是讓他免費吃五碗拉麵再加上透過在收據打上消費五碗拉麵的方式免繳停車費。為了區區小錢不惜如此大費周章，不免令人莞爾。】

弦爺聽完爸爸的推論，點頭附和。

「的確。」

「可是如果他們發生什麼不好的事，我們心裡還是會有疙瘩呀！」

就當成杞人憂天吧。我實在沒辦法視若無睹。

「萬一那五碗拉麵的收據是造假的，而這條導火線引爆了他們兄弟間的嚴重衝突，甚至鬧上警局，可就糟糕了。南龍拉麵店的真吾今年要參加升學考，萌繪和佳惠也才九歲。」

這三個是南龍拉麵店的小孩，萌繪和佳惠尤其可愛，總是笑嘻嘻地在店裡幫忙。

「要是發生了不幸，要是明知會發生不幸卻沒能預先防範，我會抱憾終生。」

車用收音機不停閃動著。弦爺也沉思低吟。

【確實如此。不過，小昴……】

「嗯？」

【我們還不確定打上五碗拉麵的收據是真是假。】

對哦，根本還沒查明收據的真偽，我已經一口咬定那是造假的了。

「不然我乾脆直接去南龍問個清楚吧，他們也快打烊了。」

「別急！」弦爺揚起右手攔住我。「若不是有不得已的理由，隆美早就來跟你打聲招呼了。可是到目前為止，除了隆美的自家人以外，唯一知道收據這件事的外人只有小昴一個而已。」

我點了頭。弦爺的分析很有道理。

以維特泊車的立場而言，車主只要出示消費金額三千圓以上的收據即可免繳停車費，沒有任何問題。這就是我與商店簽訂的合約條款，並未造成損失。

不過，如果收據上的金額造假，我就損失了停車費的收入。

「隆美是個童叟無欺的生意人，顯然受到情勢所迫才沒辦法先打招呼。既然如此，我們也就不好僅憑臆測而把事情鬧大了。」

【我的看法相同。】

「方才提到，以前聽人說過他自從離開之後一次都不曾回來。告訴我這件事的人是『大學前書店』的吉尾。」

「鈴木老闆？」

「對，吉尾是隆昭的同學。應該是一兩年前的事了，至少不會超過三年，因為那時還談到日子過得真快，小昴都上高中嘍。」

【您是在什麼情形下聊起那個話題的呢？】

「在喝酒的地方，乏孝街上的『紅』。」

我知道那家小酒館，爺爺以前常去那裡小酌兩杯，小時候還帶我去過一次。我記得那裡的炒烏龍麵和果汁都美味極了。那裡的茉莉老闆娘應已年過七旬，是田沼當鋪早枝奶奶的老朋友。

「我在那裡和吉尾巧遇，兩人天南地北地聊著商店街的事，他含糊其辭地提及自己曉得隆昭的現況。所以我猜吉尾應該知道不少關於隆昭的消息。」

鈴木老闆是大學前書店的店主。

鈴木吉尾先生的名字很特別，姓和名都是常見的姓氏。他有著一顆圓圓的光頭和一張圓圓的臉孔再配上一副圓圓的眼鏡，若是換上一襲袈裟，看起來真像是出家人。

弦爺瞥了一眼手錶。

「書店剛打烊。」

【小昴和吉尾老闆很熟吧？】

「嗯。」

我一向在大學前書店買書。鈴木老闆不愧是飽覽群書的書店店主，我們很聊得來。每回去買書時總是會暢談頗具可讀性的新上市書刊以及強力推薦的小說，聊得欲罷不能。

【你和弦伯一起去請教吉尾老闆是否知悉隆昭先生的住處，但是不要提起五碗拉麵的事。】

「問到地址後要去拜訪嗎？」

車用收音機亮了亮，彷彿爸爸正在點頭。

【從稍早前隆昭先生和你的交談內容，以及他坐在車裡的樣子可以感覺到，無論過去的他做過什麼事，如今的他並不是一個壞人，甚至可以感受到他善良的本性。可是，闊別多年回到老家的南龍拉麵店，僅僅吃完拉麵就離開了。商店街上至今仍有許多人記得隆昭先生的過往，卻沒有人知道他已經回來了，很可能只有吉尾先生知道這件事而已。你們不也沒聽過有誰提起他回到這裡了嗎？】

「是啊，我也是今天才知道的。」

【所以，五碗拉麵的事，與其詢問隆美老闆，不如直接請教隆昭先生來得妥當。】

「要是鈴木老闆問我為什麼想找隆昭先生，該怎麼回答呢？」

【坦誠相告。就說有事求見，但不方便讓商店街的人知道。相信吉尾老闆看到弦伯和小昴如此表示，一定會同意的。不妨補上一句，等到時機成熟再向他敘述事情的始末。】

我請瑠夏暫時看管停車場，去去就回。瑠夏喜歡和爸爸聊天，很樂意坐進雪鐵龍裡。

鈴木老闆來到門外準備打烊，正要把落地雜誌架搬進店裡。他看到我和弦爺聯袂而來，頓時露出了有些訝異的笑容。

「二位怎麼一起來了？」

「鈴木老闆，有點事情想請教您。」

「我們要跟你打聽南龍的隆昭。」

一聽到弦爺口中的名字，鈴木老闆那雙圓圓的眼睛瞪得更圓了。他囁囁嚅嚅地說：隆昭？

於是，我轉述了隆昭先生多次駕著一輛藍色達特桑到我那裡停車、每次來取車時都出示南龍拉麵店的收據、剛才由於引擎無法發動而湊巧得知他的身分，以及基於某些因素希望和他見面，所以來向鈴木老闆請教他的住址。

「照這樣聽來，您們見到的人確實是南龍的隆昭。」鈴木老闆說著，朝店裡探了一眼，又往四周打量了一下。很明顯地，他不希望被別人聽到這些事。「小昴應該沒聽過隆昭吧？」

「從來沒聽過。」

鈴木老闆笑了笑，點點頭。

「弦伯說得沒錯，我和隆美的老哥是同學。」

弦爺和我同時點了頭。

「嗯。」

「您們想問隆昭的住址嗎？」

「是的。」

「既然沒去找隆美，而是來問我……」鈴木老闆頓了頓，接著說，「也就是別有隱情吧？」

「是的。」

第六感告訴我，鈴木老闆似乎了解內情。我不清楚他究竟知道些什麼，只是從他的神色和態度感覺出來而已。

「好，我可以告訴您們。他住的地方離這裡不遠，很快就到了。噢，請不要告訴別人，我是相信小昴和弦爺才說出來的。」

「那是當然。」

「在附近嗎？」

「就在川部，川部的櫻山旁邊。」

原來他住在川部。就在繞過櫻山的後山那邊，車程僅需二十到三十分鐘左右，開車過去一下就到了。也就是說，瑠夏從附著在輪胎上的泥土推論的結果正確無誤。

「他家裡沒裝電話，身上也不帶手機。不過，這個時間應該待在家裡。」

瑠夏果然想跟著一起去。我原本打算和弦爺拜訪就好，可是弦爺說比起自己這個老頭子，還是像瑠夏這樣的年輕女孩在場，對方較能自在坦然地吐露心事。況且隆昭先生應該也與瑠夏的母親和祖母相熟，見到瑠夏不至於感到拘束。

雖然開雪鐵龍前往也沒問題，不過現在還屬於營業時間，所以改開停在停車場最裡面角落的那輛深綠色的 Mini Cooper。這輛車同樣是爺爺留給我的。車齡儘管有三十年，多虧弦爺平時勤加保養，跑起來依然馬力十足。

我的開車技術很好，而且這輛 Mini Cooper 是舊款的，設計簡單，完全沒有電腦之類的複雜裝置，開車時可以明確感受到操控方向盤時與輪胎之間的直接連動。

「我猜呢……」坐在副駕駛座上的瑠夏開口說，「隆美老闆和隆昭先生之間或許達成了某種共識。」

「怎樣的共識？」

「這我就猜不出來了。可能是兄弟之間不想讓外人知道的事吧？你和我都是獨生子女，大概沒辦法有所體悟。」

嗯，雖然不能感同身受，但瑠夏說得不無道理。

我按照鈴木老闆繪製的地圖開車，很快就找到隆昭先生的家了。車子的大燈照到了那輛破舊不堪的藍色達特桑。

接著，我將車子停在那間背倚櫻山、周圍農田環繞的屋子前，很快就看到了隆昭先生正在做什麼了。

這是一間窯屋。用於燒製陶器的窯。那裡堆放著大量的木柴以及散落一地的失敗成品。想必是聽到Mini Cooper的停車聲以及看見刺眼的大燈燈光，屋裡的隆昭先生狐疑地走出門外，面露訝色地望著剛下車的我和瑠夏。

「噢，原來是停車費……」

「是的。」

起初有些錯愕的隆昭先生在聽完來意之後隨即歡迎我們進屋。這裡從前應該是農舍，單門獨戶的房子連著一間小倉庫，隆昭先生將這裡當成自己的陶藝工作室。瑠夏很喜歡這樣的地方，高興地張著眼睛四處張望。

原來隆昭先生成為一位陶藝家了。

「妳是田沼家的女兒喔？」

「是的。」

瑠夏說出自己的名字，隆昭先生欣慰地微笑回應。聽說他曾是不良少年，可是眼前的他沒有一絲暴戾之氣，只是一位和藹的伯伯。

「聽說早枝奶奶身體硬朗。」

「奶奶很硬朗，硬朗得不得了！」

「這樣啊。」

隆昭先生再度微笑。

原本是廚房的位置擺著一張由大樹幹剖切而成的桌子，隆昭先生將咖啡端上桌面招待我們。陶質的咖啡杯想必也是由他親手製作的。

「你們已經聽說了我是南龍的不肖子吧？」

隆昭先生接著敘述自己當時根本瞧不起拉麵店那種寒酸的小生意，叛逆的他與賣麵的父親發生衝突後憤而離家，獨自去了東京，就這麼渾渾噩噩地虛度光陰。

說到這裡，隆昭先生甩甩頭，喝了一口咖啡，接著說：

「那是一段不堪回首的荒唐人生，你們這些小孩子還是不要知道比較好。年過四十以後，我總算醒悟了自己有多麼愚蠢。就在這時，我認識了某個人，從此一頭栽進了陶藝的世界。」

他拜師學藝，認真工作，努力存錢，直到能夠做出滿意的作品之後才回到了這個小鎮。回到這裡後，是要好的老同學——大學前書店的鈴木老闆幫忙找到了這處可以建造窯體的空屋。

「那差不多是兩年前的事了。」

這麼說，隆昭先生回來的日子不算久。他輕嘆一聲，點了頭。

「我向弟弟隆美道歉了。我跪下來向他磕頭謝罪，他也讓我進了店門、進了家門，為老爸老媽上了香，還煮了拉麵給我吃。隆美煮出來的味道和老爸的一模一樣！」

隆昭先生面帶微笑，喃喃說著真的太好吃了。他欣喜地表示，年過五旬，終於得以和弟媳，也就是隆美老闆的太太，以及姪子姪女們相認了。

「還有……」

隆昭先生說著，從貼牆而立的一座座親手釘製的架子上拿來一件物品。

「拉麵碗？」

那是一只沉甸甸的深色大碗。瑠夏雙手捧起，假裝喝了一口湯，俏皮地笑了。

「手感好極了！拉麵盛在這個碗裡，吃起來一定特別香！」

「謝謝妳，這話真讓人開心！」隆昭先生咧嘴一笑。「好不容易才做出了滿意的碗。我正在做很多個，做完後交貨給南龍。」

「交貨？」

「當然是不收錢的。我要做很多很多，做出好幾十個最棒的碗，哪怕姪子真吾繼承了南龍也不必擔心有用完的一天。我拜託隆美讓我完成這個心願，結果就吵架了。」

「吵架？」

「因為隆美堅持付錢，要我專心做出最棒的碗。可是……」隆昭先生露出苦笑。「這是我唯一能夠贖罪的方法啊。我這個不成材的兒子，只能用這種方式來向連最後一面都沒能見到的老爸老媽贖罪；我這個不長進的哥哥，也只能用這種方式來向逆來順受的弟弟贖罪。所以說什麼我都不肯收下他的錢！」

「這麼說……」

五晚拉麵的收據也就是……。

「對，那是弟媳雅子提議的折衷方案。每隔一段時間，由他們招待我去店裡隨我想吃三、五碗都不成問題，連同停車費也一併免了。我說哪裡吃得下那麼多碗，他們說把差額記下來，補貼拉麵碗的製作費用。到頭來，等於還是由隆美自掏腰包。眼看再這樣爭執下去也是沒完沒了，我只好投降了。」

「五碗拉麵的收據，就是這麼來的嘍？」

隆昭先生點頭證實了瑠夏的詢問。

「就是這麼來的。不過，」隆昭先生接著補充，「我以為隆美早就向小昴說明過免繳停車費的事，這樣看來他根本忘了講。那小子從小就是這樣，平時做起事來一絲不苟，偏偏有時候就是少根筋。」

「真的嗎？」

「真的！」

隆昭先生說完笑了。

那是洋溢著兄長光輝的笑容。

「過一陣子他應該會想起來找你解釋，到時候請多擔待。」

「好的。」

「還有，」隆昭先生看著我和瑠夏。「等全數交貨後，我想向花開小路商店街上曾經遭受困擾的每一位道歉。請暫時不要讓大家知道我已經回來了。」

【這麼說，不久之後去南龍就能用新碗吃拉麵了。】

「新碗真的超讚的！一定會吸引更多客人上門！」

「總而言之……」弦爺拍了一記大腿。「整件事的起因就是兄弟吵架嘛！」

☆

這輛雪鐵龍當然也有門側後視鏡。不過不是像現代車款那種流線型的拉風樣式，而是細細長長的鏡桿連著一面碩大的鏡子。

家裡這一輛的車身後方還加裝了三面從幾乎等同於報廢車的同款雪鐵龍上拆下來的後視鏡。

加裝的幾面後視鏡特別調整過角度，好讓前方的鏡子可以照到走向停車場的人影。

架設於停車場出入口的道路反射鏡同樣調整至最佳角度。

這麼做的用意是爸爸說話時不能讓瑠夏和弦爺以外的人聽到，所以必須讓爸爸能在第一時間發覺有人走向這邊。除此之外，還有另一個目的。

那就是隔壁的田沼當鋪。

當鋪的門口位於雪鐵龍斜後方的巷子裡。

田沼當鋪的位置是在花開小路商店街三丁目的後方。雖然店鋪本身坐落在國道旁，卻是從商店街的巷子裡面出入的。這樣的設計自然是為讓來當鋪的人可以盡量避開大眾的目光。

田沼當鋪不像時下那種類似二手商店的新型當鋪，而是非常傳統的老當鋪。當鋪的顧客若是開車前來，也會把車子停在我們停車場。

說不上什麼原因，我總能感覺得到那是當鋪的顧客。

直覺告訴我：嗯，這個人等一下會去田沼當鋪。

每次遇到這樣的客人，我便不動聲色地從後視鏡仔細觀察，並且絕對不能讓對方察覺到我正在觀察他。反正我只是默默關注對方的動向，而這樣的舉動不至於觸法。

儘管不是義務，我一直在暗中守護著田沼當鋪。這件事只有少數幾個人知道。萬一發生了必須報警的狀況，就能夠提供有用的線索。幸好到目前為止不曾發生過那種情形。

是的，因為有人會把贓物拿到當鋪銷贓。

我這裡每個月平均會接待兩位專程開車來當鋪的顧客。

形形色色，什麼樣的人都有。有些是毫不起眼的大叔大嬸，年齡從相當年輕到上了歲數的人都有。有時候看到這樣的顧客開著身價不凡的名車，心裡不免嘀咕這樣的人還需要上當鋪嗎？要是真有急用不如把車子賣了可以籌到更多錢吧？想來人各有苦衷吧。當然了，有些人開來的車子簡直是一團破銅爛鐵。

這天是星期二晚上，八點半過後。

梅雨季應該還要過一陣子才來，今晚卻飄起了毛毛細雨。雨絲綿綿，若是快步跑去附近的便利商店應該用不著撐傘的程度。

一輛舊款的吉姆尼駛進停車場，並且直接停到空車位上。有些客人喜歡像這樣自己停進車位，所以我只在一旁看著。當這位駕駛人熄火後走出車外的那一刻，我心中忽然升起一股不祥的預感。

「歡迎光臨！」

我實在看不出這個年齡層的成年男人大約幾歲，當然了，面對成年女人也同樣無法辨別。我到底要長到幾歲才能夠一眼看出對方的年齡呢？

我猜對方大概三十幾歲吧。身材瘦瘦的，頭髮和我一樣亂翹，大概是自然捲，長相讓人有點害怕。衣服是白襯衫搭黑褲，十分樸素。他不發一語地把車鑰匙遞過來，我也順勢送上了停車票卡。

「這裡到十點打烊。」

這位先生緩緩點了頭，神情淡漠。我並不奢望顧客個個和藹親切，可是眼前的這一位未免太冷冰冰了。

他伸出左手接過停車票卡，右手揣著一個方形的白色包袱。現在很少看到還有人用大布巾包裹物品的了，而這也是引起我注意的理由之一。

我目送先生的身影離開。雪鐵龍的車用收音機亮了起來。

【這個人讓我有點介意。】

「爸爸也這麼認為？」

【感覺不太尋常。】

只要是在停車場的範圍之內，爸爸那所謂「靈魂觸手」似乎可以感知到車子呈現的狀態以及人類散發出來的氣場。

【他的精神處於緊繃狀態。】

「精神處於緊繃狀態……」

我倒是沒有察覺這一點。

那個先生起初穿過了田沼當鋪門前的那條小巷，直接走向商店街。但這並沒有消弭我心中的不安，所以我依舊緊緊盯著後視鏡，沒有鬆懈下來。過了兩分鐘左右，後視鏡映出了一道人影從另一端的巷口閃了進來。

被我料中了！

「爸爸，看到了嗎？」

【看到了。應該是他。】

沒路燈的巷子裡暗暗的看不清楚，我想應該是剛才那個先生。他沒有從這邊順著走去當鋪，而是先繞到商店街上再從巷子的另一頭拐進來。

這一帶鮮少有人走動，這麼做其實沒多大意義，但是不從明亮的停車場直接進入當鋪，至少可以降低被行人不巧撞見的風險。

【不難體會他的心情。】

瑠夏說過，像這樣不把東西拿去二手商店或上網拍賣而是送到當鋪的人，通常是需款孔急卻不允許自己向人周轉，也就是固執的倔脾氣。他們打從心底覺得這是種可恥的行為，所以遮遮掩掩地羞於見人。想必這個先生也是如此。

不知道他把什麼東西送進當鋪了。田沼當鋪是由瑠夏的媽媽智佐繪太太或者早枝奶奶鑑價，決定典當金額的上限。有時候很快就鑑定完畢，有時候得花上一些時間。

停車場沒有其他客人進來了，所以我和爸爸一起注視著後視鏡。

「當鋪這一行真辛苦。」

我一說完，車用收音機閃了閃。

【是啊，最重要的是必須擁有一雙精準識物的慧眼。】

「就是說啊。」

管理停車場不需要專業的知識，只要有駕照，誰都做得來；可是當鋪從業人員必須具備辨識真偽的眼力，專業知識範圍涵蓋藝術品、名牌貨、電器乃至於珠寶。萬一誤把贗品看成真貨，上當受騙，借出大筆金額，可就損失慘重了。

瑠夏以後會接下這家當鋪，目前正在努力學習。她的房間每天深夜時分依然亮著燈，就是認真學藝的最佳證明。

【出來了吧？】

爸爸說道。

「嗯。」

剛才那個人走出當鋪了。本以為又要繞一圈才過來，結果他直接走向停車場。原先揣著的那只包袱不見了，這表示已經典當了。

我等著他過來繳費，結果他徑直走到自己的那輛吉姆尼。

我不慌不忙地擺好架勢，一發現情況有異就會立刻衝出雪鐵龍。

到目前為止，只發生過一次未繳費離場，也就是客人沒有付錢就把車開走了。車鑰匙明明還在我這裡，顯然是拿備用鑰匙發動的。車牌號碼早已抄下，真不明白為了區區幾百圓甘願鋌而走險有什麼意義呢？

這位吉姆尼的車主打開副駕駛座的車門，似乎並未插上車鑰匙。只見他彎身探進車裡做些什麼，只過了一兩分鐘就挺起身子關上車門了。

關門後他朝我揚揚手，隨即往商店街邁出了步伐。

「他把車子留在這裡就走了？」

【大概等下才來取車吧。】

偶爾有客人像這樣買完東西先放回車裡又出去一趟的。

「可是車子沒上鎖耶，這樣不好吧。」

【是啊，太大意了，要是之後存心找麻煩就不好辦了，你去幫忙把門鎖上吧。】

「嗯。」

我拿起寄放在這裡的吉姆尼鑰匙踏出車外。弦爺常提醒我，做生意首先要注意的是盡量避免糾紛。我想應該不至於，但仍可能有人故意找碴說放在車裡的東西不見了。只能祈禱不會碰上這種棘手的狀況了。

我正要上鎖，隔著車窗不經意地瞥了裡面一眼。

（咦？）

我心頭一凜，連忙繞到副駕駛座那邊，定睛看個仔細。

（那是什麼意思？）

下一秒我衝回雪鐵龍。

「爸爸！」

【怎麼了？】

「副駕駛座上放著一件奇怪的東西！」

【奇怪的東西？】

說是奇怪，更接近詭異。

「好像是一封信。」

【好像是？】

座位上躺著一只信封。

「上面有字。」

【寫什麼？】

「信封上用油性筆寫著幾個大字：『停車場管理員　啟』。」

六　留在車裡的信箋與生者以及死者

「我去把人找回來！」

那只信封裡到底有什麼東西？

我奮力奔跑，心想那應該是一封信，不過現在更重要的是趕緊找到剛才那位先生。跑了一會兒，我停下來給瑠夏傳LINE，請她去雪鐵龍那裡幫忙看一下停車場。

我邊跑邊找。

儘管希望渺茫，我仍是努力尋找那個白襯衫黑長褲的男人。我對他平凡的長相隱約有點印象——帶點神經質的長臉，以及一頭自然捲的亂髮。

（到底上哪裡去了？）

我毫無頭緒，只能先由商店街的三丁目朝四丁目的方向小跑步沿路找。時間已是九點過後，多數店家都打烊了，還在營業的僅剩餐飲店，最晚也只到十一、二點就關門了。路上沒什麼人，一眼即可看遍整條街道，頂多是矗立在路中央的銅像〈海將軍〉稍微遮擋了視線。

哪裡都沒看到身穿白襯衫的男人。

四丁目沒什麼商店，空蕩蕩的一片。我馬上右轉朝反方向一路小跑，從三丁目往二丁目、一丁目沿街搜尋。

還是沒能找到。而且別說是那位先生了，路上根本不見人影。

我腦中閃過一個找北斗哥幫忙調出監視錄影畫面的念頭，可是隨即想到大部分的商店都打烊了，那位先生應該不可能是要去商店街上的某一家店；就算他是要去某家還在營業的餐飲店而把車子暫放在停車場裡，也不可能留下那樣的一封信吧。

所以，他應該只是單純穿過商店街前往某處。

（一定是這樣沒錯！）

我立刻趕回雪鐵龍那邊，瑠夏已經坐在副駕駛座上了。

「找到沒？」

「沒。聽爸爸說了？」

「聽伯伯說了。」
瑠夏看向吉姆尼。
「就是那輛吧？」
「對。」
「只要問問奶奶，就可以知道那個來典當的人的身分了。」
我也這麼認為。
「爸爸，是不是先看那封信比較好？」
車用收音機閃了閃。
【先看過比較好。這樣才能決定下一步該怎麼做。】
「也對。」
【小昴，為慎重起見，戴上手套再揭開信封比較妥當吧？】
對喔！我和瑠夏互看一眼。萬一事關犯罪案件，不能沾上指紋才不會影響偵辦。
「我回家拿手套過來！」
瑠夏衝回當鋪，沒多久就回來了。
「給你！」

「謝啦。」

我接過田沼當鋪常用的白色手套戴上，走到吉姆尼的副駕駛座那邊拉開車門，謹慎地拿起那只信封。

「我打開嘍！」

好輕喔！裡面應該沒放別的，只是一封信。我回到雪鐵龍，坐進駕駛座。

「嗯！」

瑠夏點了頭。

一只方形的白色信封。

就是一般喜帖常用的那種封套②，沒有封緘。我揭開封口，裡面果然是信，而且是一張素色便箋折疊後放進封套裡。

【小昴，唸給我聽。】

「我看看……『車子請代為報廢。給您添麻煩了，抱歉嘍』。」

三人同時沉默了片刻。

【只有這樣？】

「只有這樣。」

我讀完後也愣了一下，順手把信箋翻到背面瞄一眼，只見一片空白。瑠夏忍不住湊過來再看一遍。

雖非寥寥一言，卻也僅只短短兩句。

「伯伯，真的只寫這樣而已。」

真是超短的一封信。不如說是一張便條還比較貼切。就這麼兩句話，似乎沒必要鄭重其事地裝進封套裡。

【瑠夏能辨別出是男人的筆跡還是女人的筆跡嗎？】

「我覺得像是男人寫的。雖然算不上是好看的字，不過挺有獨特的風格。」

【用哪種筆寫的？】

「我看看哦……」我把信箋靠向光源查看。「原子筆，應該是普通的黑色原子筆，不太像水性筆。確定不是鋼筆。」

②日本喜帖多為白色。

【小昂，那段留言有用到漢字嗎？】

「『車』和『處理』是漢字，其他都是平假名。」

包括「麻煩」這個詞也沒用漢字寫。

【你確定是『抱歉嘍』？上面寫的不是『抱歉了』，而是『抱歉嘍』？】

「沒錯，是『抱歉嘍』。」

【這樣啊……】

爸爸說完後，似乎在思索著什麼。

「那句『車子請代為報廢』，真的是字面上的意思嗎？」

【應該是吧。雖然不曉得他為什麼要這麼做。那是舊款的吉姆尼吧？】

「對，是老車了。與其整輛車申請報廢，不如送去中古車維修廠拆賣零件更有利潤。」

【嗯，我也這麼認為。】

車輛報廢還要花錢，乾脆找二手車商收購，可以省下一筆報廢費。這種處理方式我之前聽弦爺說過。

「好奇怪喔……」瑠夏說，「怎麼會把車子留在這裡呢？是不是開來我家當鋪，順便棄車？」

【目前還無法推測出對方這麼做的理由，不過……】

「不過？」

爸爸又緘默了片刻。

【……那句『給您添麻煩了，抱歉嘍』令人介意。】

「介意？」

我告訴爸爸，自己不覺得有什麼不恰當的，可是車用收音機的顯示燈卻閃了幾下。

【那段文字乍看之下並未不妥，然而以寫給素未謀面的停車場管理員而言，似乎少了點禮數。】

瑠夏點著頭說：

「嗯！我也這麼覺得！」

「好像有道理耶。」

給您添麻煩了，抱歉嘍。

這段文字的確不像是來自陌生人的客套語氣。

【何況他甚至留下了『請代為報廢車輛』的信箋，這樣的請託實在太不尋常了。若是車子不想要了，大可找個報廢業者拖走就好，之所以專程開來我們停車場棄置……】說到這裡，爸爸頓了頓。【小昴，你對這個車主真的沒有印象吧？】

「完全沒印象。」

我的記憶力算是不錯，只要顧客來停過兩、三次，一定記得長相。

「這應該是他第一次來。」

【那好。】爸爸說道，【小昴，去請早枝奶奶確認個資吧。今晚還有客人來取車嗎？】

「都領走了。」

【那就打烊吧。打烊以後，去早枝奶奶家請教是否方便幫忙查找車主的姓名和住址。】

當鋪業最基本的就是查核典當者的姓名和住址。對方畢竟是來借錢的，必須出示駕照或健保卡之類的證件。

田沼當鋪的營業時間到晚上九點為止，但在關門以後，早枝奶奶仍然繼續處理店裡的各項事務，就這麼一直忙到就寢。我和瑠夏踏進店裡時，早枝奶奶還在櫃臺後面整理帳簿。

田沼當鋪開業至今已走過七十多個年頭，店面的裝潢擺設全都維持原樣。進門後的三合土地面擺著兩人座的沙發和小桌，前面是一座中央正上方架著大玻璃窗的實木櫃臺。顧客可將典當品放在櫃臺上，與玻璃窗後方的早枝奶奶交談。

年過八旬的早枝奶奶有著一頭茂密的銀白髮絲，雍容而典雅。身形嬌小的她依然腰板直挺，戴上老花眼鏡後仍是眼力炯敏。

「原來有這麼一回事，還真是無奇不有哪！」

我和瑠夏把那位車主開著吉姆尼前來的事情轉述給早枝奶奶聽，也將留下來的信拿給她看。早枝奶奶納悶地問道：

「來我們當鋪的真是那位駕駛吉姆尼的先生，沒看錯吧？」

「錯不了，我一直盯著後視鏡。」

早枝奶奶知道我會透過後視鏡留意當鋪的門戶安全，於是看著我緩緩頷首說道：

「既然如此，我來查一查吧。」

早枝奶奶揭開了帳簿頁面。原則上除了配合警方偵察以外，當鋪不得洩漏典當者的個資。

「我瞧瞧……沒錯，是以駕照確認身分的。姓名是中村滿，滿足的滿。」

中村滿先生。

我的確不認識這位先生。

「抄一份他的資料給你吧。你可千萬別說出去喔，事關個人資料，其實不能外洩的。」

「我明白。」

「年齡是三十五歲，住在鄰鎮的榮町。」

不曉得他為什麼要從隔壁鎮特地來到這裡。

「是第一次來典當的客人嗎？」

「第一次來，絕錯不了。典當品是硯台。」

「硯台？」

早枝奶奶將老花眼鏡往下拉了拉，頷首問道：

「你曉得什麼是硯台嗎？」

「曉得呀，就是用來磨墨的東西嘛。」

小學上書法課時用過，只是後來就沒機會接觸了。早枝奶奶笑咪咪地點頭稱許。

「他拿來的是上等的老件。當然嘍，是來自中國的古董。若擺在藝品店裡，標價少說也要上百萬哪。」

「上百萬！」

我不由得發出驚呼，只見瑠夏不慌不忙地點頭證實。

「這和店裡那些硯台相比也算得上是高價位的。」

「還有別的硯台哦？」

瑠夏再次點了頭。

「挺多的唷，庫房裡還有十二、三方硯台吧？」

「有喔。硯台呢，就屬產自中國的為極品。」

嗯，這個我在某本書裡讀過。不愧是瑠夏，熟知各種古董的專業知識。

「可是，那位先生為什麼會把硯台拿來典當呢？是不是從事書法相關行業？」

早枝奶奶對著我，思索片刻。

「這就無從得知了。但凡不是贓物，經營當鋪的行規是不會過問典當品的來歷。」

「哦？可以確定不是贓物嘍？」

「只能說到目前為止，應該不是。若有那樣的高價品失竊了，必定會收到相關快訊。」

我之前聽說過，儘管無法當場識別典當品是否為贓物，但是會有失竊清單傳達當鋪同業。

「況且這位中村滿先生為人正派。別擔心，我這個老太婆頗具識人之明，可以一眼識破宵小之輩。」

我和瑠夏同時點了頭。瑠夏多次提到，早枝奶奶在洞察人心這方面堪稱擁有特異功能。

「現在拿到這位先生的資料了，打算怎麼辦？」

「我會和弦爺商量。如果真的要報廢車輛，也只能請弦爺幫忙。」

其實是回去找爸爸商量，但是只有瑠夏和弦爺知道爸爸的事，不便說得太清楚。早枝奶奶頷首說道：

「好，先這麼做吧。自己一個處理得來嗎？需要奶奶我幫你嗎？」

「這件事發生在我的停車場，理應由身為老闆的我負起責任處理，對不對？」

早枝奶奶稱許地笑了。

「正是如此。記得，遇到困難時儘管求援，或者直接去派出所請教也是個不錯的主意。有弦伯在一旁照應應該沒問題，你畢竟還是個小孩子。」
「我明白，謝謝奶奶！」
我和瑠夏一同離開當鋪，返回雪鐵龍。
「我常想……」
瑠夏邊說邊坐進副駕駛座。
「想什麼？」
「如果能把伯伯的事告訴家裡的人，想必會輕鬆不少，就是不確定會引發什麼樣的效應。」
說完，她面露歉意地看著我。
「那個我也想過。」
【確實值得思考。】車用收音機亮起來，傳出爸爸的聲音。【我總認為，這其中必有深意。】
「深意？」
【我首度開口說話時，在場的只有小昴、瑠夏和弦伯而已。】
沒錯，爸爸的聲音第一次從音響喇叭傳出來的時候，在場的只有我們三人。那時弦爺正要發動這輛車載我和瑠夏出門。

「您的意思是，這件事可能代表某種意義，對吧？」

【正是。我也想過把這件事告訴其他人，又覺得等時機到來自然會明白。】

瑠夏聆聽爸爸的話，跟著點頭贊同。

【那麼，查出車主的身分了嗎？】

「查到了。那位先生的名字是中村滿。」

【中・村・滿？】

爸爸略微提高了嗓門，我和瑠夏有些訝異。

「認識嗎？」

【年齡呢？】

「三十五歲。」

【三十五……】爸爸喃喃複誦。【地址呢？住在哪裡？】

「榮町。」

我接著唸出地址，陷入緘默的爸爸似乎正在思索。

【滿，是滿意的滿嗎？】

「對。」

【說不定，是爸爸的學生。】

「學生？」

這樣就說得通了。

「如果是爸爸的學生，就能解釋他為什麼要把車子留在這裡了！」

【正是。當然無法排除只是同名同姓的可能性，但算起來約莫是那個年紀。】

「難怪！」瑠夏雙手輕拍。「那段『給您添麻煩了，抱歉嘍』的留言，語氣那麼客套！」

【很可能是這個原因。不過，即使的確是我教過的中村滿同學，我們也已經將近二十年沒見過面了。】

「那就是從他中學畢業以後就沒見過面嘍。」

【差不多吧。】爸爸說道，【目前還不確定他是否知道我已經死了，從他的信封寫法看來，似乎知道這件事。但前提是他就是我的那個學生。】

有道理。

「信封上寫的是『致停車場管理員』，如果不知道爸爸過世後這裡變成停車場，就不會這麼寫了。」

【正是如此。】

「假如中村滿先生是伯伯的學生，那麼他父母家應該在這個鎮上吧？是不是工作的緣故搬去榮町了呢？」

瑠夏說完，爸爸暫時沒有作聲，片刻之後車用收音機才閃了亮光。

【這其實屬於個人隱私——鎮上已經沒有他的老家了。父母在他十四歲時撒手人寰了。】

「啊！」

瑠夏和我同時驚叫出聲，對視了一眼。

「他爸爸和媽媽都不在了？」

【兩人在一場車禍中不幸離世。】爸爸輕輕嘆了氣，低聲說道，【只能說是飛來橫禍。至今依然印象深刻，那件事發生在他中學二年級的時候，我當時是他的班級導師。】

爸爸接著補充，那時候中村滿先生正在上數學課。【我那一節沒課，正在教師辦公室裡處理公事，就這麼接到了警方來電通知噩耗。】

後來去教室接了錯愕震驚的中村滿先生並陪同搭計程車到醫院的人，也是身為導師的爸爸。
這段往事使我們不禁嘆息。瑠夏的神情也很難過。
「太可憐了。」
「嗯。」
我同樣失去了父親，不過爸爸是罹病過世的，我心裡已經做了最壞的打算，可是中村滿卻是突逢劇變，況且還是同時失去了雙親。
「爸爸，接下來該怎麼做呢？早枝奶奶建議我不妨去派出所找人商量。」
車用收音機亮了幾下。
【問過他典當了多少錢嗎？】
「說是五十萬。」
這筆金額不算少。不過早枝奶奶說，拿來的典當品很好，這個數額完全不成問題。
【五十萬……】爸爸囁囁地說，【即便不是中村，將車子留在這裡託人報廢後行蹤成謎，這實在令人憂心——最直覺的聯想就是他打算輕生了。】
瑠夏打了個哆嗦。我接著說：
「我也想過這個可能性。」

把車子開來這裡棄置報廢，按常理說，那是唯一的理由了。

【不幸之幸是，人們無論面臨任何煩惱、有什麼樣的苦楚，通常只要身上還有一筆數目不算少的錢就足以壯膽，至少不會過於慌亂無助。即便背負的債務幾乎將他逼上絕路，好歹還有那件值錢的抵押品，也拿到五十萬了，應該可以幫他度過難關吧。】

我和瑠夏一起點了頭。爸爸的話有道理。

【目前最重要的是，必須先確認這位車主究竟是不是我教過的中村。從他留下紙條不告而別的舉動來看，我怎麼想都覺得這個人就是中村。】

「可是，要怎麼找到他呢？」

只有爸爸認得中村滿先生的長相，我和瑠夏根本沒辦法找到他。

「給他打電話？」

早枝奶奶抄給我的中村先生的個資上面當然包含了手機號碼。爸爸思索了片刻，說道：

【即使去駕照上的地址找人，想必有很大的機率是撲空；至於打手機，萬一不是我教過的中村，而是毫無關係的陌生人，從而引發了極大的爭議，就會給田沼家造成麻煩。當鋪無故將客戶的個資外洩，說不定會受到停業的處分。】

瑠夏的嘴巴抿得緊緊的，微微皺著眉頭，點了頭。

「除非牽涉到不法行為，否則對客戶的個資一定要嚴格保密。」

她說得沒錯，這項規矩我也聽過好幾次了。

「如果由奶奶打電話給他呢？」

瑠夏接著解釋，若是由當鋪直接打電話確認，就沒有所謂個資外洩的問題了。

【不妥。一來，對方未必會接聽電話；其次，即便電話接通了，劈頭就問對方目前人在哪裡、曾經就讀哪所中學等等，未免太唐突了。如此舉動反倒會造成田沼家的困擾。】

「說得也是。」

我雖沒有這樣的經驗，但可以想像如果有一天自己才剛典當完就接到當鋪打電話來問東問西的，一定覺得莫名其妙。

「這麼做會連累田沼當鋪的聲譽。」

【正是。問題是，即使確實是中村，畢竟離校以後就沒見過面了，對於他可能的去向，爸爸實在毫無線索。既然如此……】

「既然如此？」

【唯一的辦法是，把住在附近的同班同學找來商量。】

住在附近的同班同學……。

「爸爸的另一個學生？」

【是的。】

「是誰呢？」

瑠夏問說。我立刻在腦中把爸爸認識的人一個個過濾一遍，猜測會是誰。

「小淳刑警？」

【不是他，年齡不符。和中村同歲的是稻垣呀！】

「稻垣……？」

瑠夏和我同時開口反問。

誰是稻垣呀？

「啊！」瑠夏突然大叫一聲。「是花乃子姊的……！」

「花乃子姊？」

忽然間，我想起來這一位是誰了，不由得在自己的大腿上拍了一下。

對哦，就是和韮山花坊的花乃子姊結婚的人嘛！

花乃子姊的丈夫，稻垣信哉先生。花乃子姊現在的名字已經不是韮山花乃子，而是稻垣花乃子了。

聽說他們的婚禮和婚宴會場處處是花團錦簇、一片花海，不愧是花店辦自家喜事，只可惜我沒能躬逢其盛。

「伯伯說的是那位以前在寺裡修行過的師父吧？」

【就是他。】

「他以前是爸爸的學生？」

【是啊。想必也來參加了我的告別式。】

既然是爸爸的學生，應該來過。在為爸爸辦後事時，有太多商店街的居民和同學都前來弔唁慰問，光是致謝就把我忙得暈頭轉向，根本記不得曾經和哪些人說過什麼話了。

【稻垣讀中學二年級時和中村都在爸爸的班上。說不定，中村就是來找稻垣的。我剛剛想起來，中村和稻垣交情不錯。】

「有可能喔！」

印象中，花乃子姊婚後似乎……。

「花乃子姊和稻垣先生結婚以後，就沒繼續住在韮山花坊了吧？」
「對，我知道他們的新家唷！就在二丁目南的那間獨棟屋！」
我好像也聽過這件事，也曉得房子的大致位置。那是剛落成的雙拼獨棟屋，外觀相當典雅。
「好，我們馬上就去花乃子姊家！」
瑠夏說著就要跳下雪鐵龍，我連忙抓住她的手。
「等一下啦，要先想好該怎麼向稻垣先生解釋。」
「解釋？」
「對啊，我們得好好說明自己是怎麼知道這位『疑似中村滿先生』是稻垣先生的同學。」
「對哦。」
瑠夏又坐回座椅上。
爸爸目前的狀況，只有我和瑠夏還有弦爺知道，就算說出去恐怕也不會有人相信，何況這件事若是傳到眾人皆知，實在難以想像會有什麼樣的後果。
「首先要編出是如何得知這位『疑似中村滿先生』就讀的中學，對吧？伯伯的遺物裡有學生的畢業紀念冊嗎？」

「有是有，但這個藉口太牽強了。」

「這招行不通哦……」

到目前為止，除去從爸爸那裡聽來的事情，我和瑠夏掌握的資訊只有中村先生的駕照和早枝奶奶的轉述內容，也就是他的姓名、地址和電話號碼而已。

「那輛車或許留下了某些線索。」瑠夏說，「不妨到車裡面找一找。不過，一輛留在停車場請人代為報廢的車子，大概不會有什麼東西吧。」

「我想也是。」

【小昂。】隨著車用收音機亮起，傳出爸爸的聲音。【先把稻垣找來這裡吧。他的手機號碼應該寫在家裡那本通訊錄上。】

通訊錄。爸爸長年愛用的那本紅皮通訊錄就在雪鐵龍上。他在世時，每年寄送賀年卡的時候總會拿出這本通訊錄翻閱抄寫，上面應該有很多學生的地址電話。

「請他來這裡嗎？」

【對。就說有點事情請教，可否勞駕他來一趟。記得也請弦伯到車上一起等他來。】

「請他來這裡，要做什麼呢？」

【爸爸直接告訴他。】

「不會吧！」

瑠夏和我同時嚇了一大跳。

「直接告訴他？」

【直接告訴他。】

「這樣好嗎？」

瑠夏也瞪大了眼睛勸阻。

一直以來，只有我們三個人知道爸爸還留在車上的這個祕密。

【這位中村先生，十之八九就是我教過的中村，否則就無法解釋那封信的語氣。他或許知道爸爸已經死了，也有可能還不知道這件事。總之，他目前應該面臨某些困擾。】

說到這裡，爸爸停了一下，車用收音機不停地閃動。【爸爸身為教師，每一個教過的學生，無論過了幾年、甚至幾十年，永遠都是爸爸心愛的學生。倘若他們發生了什麼事，我不僅必須盡力保護他們，並且要幫助他們勇於面對事情的真相。我認為中村一定遇到了相當嚴重的困難。學生有難，做老師的哪裡還顧得上自己的祕密呢！】

我可以體會爸爸的心境。

爸爸常說，每一個學生都是他的寶貝孩子，和我這個親生兒子沒什麼不一樣。

「可是，如果讓稻垣先生知道了這件事……」

【別擔心，他不會說出去的。】爸爸說得斬釘截鐵，【讀中學時他就是個聰明的學生。雖然你們兩個並不清楚，但是爸爸知道他過去經歷過多麼嚴峻的考驗，並且憑靠自身剛毅堅韌的意志力克服了天大的困難。更何況他曾入僧籍，對於生死議題做過深入的探索，一定能夠接受爸爸以靈魂的形式駐留人間的現狀。】

我當然和稻垣先生見過面也說過話，但是僅止於泛泛之交。我只知道他從學生時代就和花乃子姊在一起了，後來有一段時間去寺裡修行，兩人在好幾年後才結婚。由於他大學讀的是農學院，婚後進了相關行業工作，為日後擴大韮山花坊的經營版圖而預作準備。

我對他的認識就是這些了。

不過，既然爸爸對他那麼信任……。

「應該沒問題吧？」

【沒問題，爸爸相信他。快去聯絡！】

瑠夏緊急請來弦爺說明事態，我則從通訊錄上查到稻垣先生的手機號碼立刻撥打。

（您好，我是稻垣。）

每次聽到稻垣先生說話，總覺得和專業配音員的聲音一樣有磁性。

「不好意思，我是維特泊車的麥屋昴。」

（哦，是小昴！）

「抱歉這麼晚了打擾。請問現在方便通電話嗎？」

（可以呀，有什麼事嗎？）

「請問稻垣先生是家父的學生吧？」

（對，我是麥屋老師的學生。）

「有點事想請教一下，是關於您的同學中村滿先生。麻煩您盡量保密，不要告訴任何人，立刻趕來停車場的紅色雪鐵龍這裡。」

（要問阿滿的事？）

☆

遠遠地看見稻垣先生小跑步過來，我趕緊跳下雪鐵龍前去迎接。稻垣先生隨興穿了件白襯衫搭上黑色的窄管牛仔褲。

「對不起，臨時請您來一趟。」

我向稻垣先生鞠躬致歉。他擺了擺手讓我別介意。

「弦爺，很久沒來給您請安了；瑠夏，好久不見嘍！」

「稻垣先生好。」

瑠夏向他問候，弦爺朝他點了頭。稻垣先生隨即斂起笑意，將視線投向雪鐵龍，可能是以為中村先生坐在車裡。

「發生什麼事了？」

「我馬上為您說明，請先坐進雪鐵龍的副駕駛座。」

「副駕駛座？」

稻垣先生皺了一下眉頭，仍是依照我的建議坐上了副駕駛座。我回到駕駛座，瑠夏和弦爺則在後面的沙發就坐。

這輛雪鐵龍設計成只要拔掉電線和水管就能立刻發動引擎上路。

「稻垣先生。」

「嗯？」

「接下來要告訴您的事情或許不可思議，但請相信這絕不是玩笑話也不是惡作劇，而是千真萬確的事實。」

稻垣先生轉過來，正面看著駕駛座上的我。

「好，知道了。」

車用收音機一陣發光。稻垣先生狐疑地盯著面板。

【稻垣，是我，麥屋司。】

原以為稻垣先生會嚇得跳起來，不愧曾是修行之人，反應竟是異常冷靜。他只是顯得有些訝異地湊向車用收音機端詳，然後把視線移到我臉上，緩緩地點了頭。

「是家父的聲音。過世以後，就在這裡繼續活著。」

【這不是錄音，更不是使用電腦程式製作的黑色幽默。對不起，嚇著你了。我雖然死了，但從那一天起，生命便以靈魂的形式在這裡延續下去。】

驚訝得合不攏嘴的稻垣先生扭過頭看向後座的弦爺和瑠夏，他們兩人和靜默不語的我同時慢慢點頭證實。

「是真的。也許你覺得太荒唐，但是我保證絕無虛假。」弦爺開口說道，「就是這樣，只有靈魂附在這輛車……附在這輛雪鐵龍上面。」

瑠夏也跟著重述一遍。稻垣的目光再次投向我，接著回到了車用收音機。

「真是麥屋老師嗎？」

【真的是我。好久不見了，心裡一直惦記著沒能在死前親眼看到你和花乃子步入禮堂，實在遺憾。】

稻垣先生做了一次深呼吸，面露苦笑地說：

「我是不是該合掌祈求冥福呢？」

【我知道你很想這麼做，可惜我只能聽到聲音和看到鏡子裡的影像。話雖這麼說，倒也不必特地為我誦經。】

稻垣先生忍不住笑了起來。

「太遺憾了，本來想請老師仔細驗收我修行的成果呢！」

七　停車場與貓

本來以為恐怕得費盡脣舌才能說服稻垣先生接受這個事實，說不定他還會覺得受到捉弄，拂袖而去，沒想到結果完全出乎我的意料。

稻垣先生幾乎是在聽完的當下立刻露出了既欣喜又感懷的表情，面向車用收音機那邊的爸爸說話：

「沒想到能夠再一次與麥屋老師交談！」說著，稻垣先生雙手輕輕合十，隨後看著我苦笑，「儘管早就離開寺院了，可是遇到這樣的情況，我還是不由自主地合掌哀悼。」

弦爺和瑠夏聽了也不禁笑了笑。

「呃，您真的相信嗎？」

我忍不住問了稻垣先生。

「那當然！」他隨即點頭笑著說，「的確，乍聽之下像是天方夜譚；不過小昴、瑠夏和弦爺三位沒有理由、更不可能聯合起來拿這種事騙我吧？」

「我們絕不會那麼做！」

「所以嘍，你們說的話自然是真的。麥屋老師的生命以靈魂的形式在此延續，這是千真萬確的事實。更何況……」稻垣先生又露出了微笑，「我雖感到訝異，卻也喜出望外。麥屋老師是我的恩師！如果沒有當年的老師，就不會有現在的我了。」

車用收音機亮了幾下。爸爸雖然沒有開口說話，但我知道他現在一定覺得很不好意思。

「老師，您現在過得好吧？」

【很好呀……雖然不知道這樣回答是否恰當。】

「那麼，」一臉正色的稻垣先生看了看四周，將視線拉回車用收音機後問說，「以後可以再來找老師敘舊吧？」

【那當然。不過，這件事希望幫忙保密。】

「我明白。……阿滿，我是指中村，他怎麼了嗎？」

事情的經過由我說明。

首先是開著吉姆尼的先生去了當鋪，接著他在吉姆尼裡留下一封信就離開了，然後我們回到當鋪由抄錄的駕照資訊裡得知他是中村先生，爸爸覺得很可能是以前教過的學生，擔心他會做出難以挽回的憾事，於是決定請來稻垣先生告知此事並坦承自己目前的狀況。

稻垣先生靜靜地聽我敘述，用力點頭表示知道了。

「這就是中村先生留在車裡的信。」

稻垣先生接過信，讀了信裡的文字。

「我不記得阿滿的筆跡了，不過這看起來的確有點像他的語氣。」

【稻垣，我記得你和中村在校時很熟？】

「是的，」稻垣先生點了頭，「我們很要好。」

【畢業後還有聯絡嗎？】

「我們見過幾面，不過已經好一陣子沒碰面了。彼此都留了電話，所以偶爾會傳簡訊聯繫。我結婚時他來了，算起來有兩年沒見了。」

原來中村先生還參加了稻垣先生的婚禮。

「這麼說，您們的交情真的很好耶。」

「是啊。」稻垣先生點點頭。「雖然不是天天見面的死黨，但是是好朋友。」稻垣先生說到這裡停頓一下，露出若有深意的微笑，看向車用收音機接著說：「想必老師很清楚當時的事情。那件事發生之後，第一時間聯繫我的中學同學只有阿滿而已。」

那件事……？

車用收音機不停地閃動。

「你是指那起意外發生之後吧。」

「是的。」

意外？

看來以前曾發生過某起意外。

我猜，應該和爸爸剛才提到稻垣先生過去經歷過相當嚴峻的考驗有關，只是瑠夏和我並不知情。我悄悄看弦爺一眼，只見他嘴唇抿得緊緊的，輕輕點了頭。這麼說，弦爺知道當時的事。

「那傢伙專程來醫院探望我。這麼說或許不妥，他和我恰好基於相反的立場經歷了同樣的痛苦。他擔憂的不僅是我的傷勢，更是我內心的創傷。他問我要不要緊，之後也來過好幾趟安慰我。」

【這樣啊。】

車用收音機一直閃動著。他們的過往爸爸都很清楚。所謂經歷過同樣的痛苦，不曉得是不是指中村先生的父母也死於意外事故。

我腦中有無數的問號，不過，大概要過一段時間才會向瑠夏和我解答這些疑問吧。

【那麼，你知不知道中村可能會去的地方呢？不過，我們得先確認那輛吉姆尼的車主就是我的學生中村。】

「應該錯不了，我記得他開的就是吉姆尼。你們有那位車主的手機號碼吧？」

「有，抄下來了。」

坐在後座的瑠夏回答，將抄寫的紙條往前遞。稻垣先生掏出自己的手機滑了幾下，和瑠夏的紙條比對。

「沒錯，這是阿滿的手機號碼。」

這下確定了。把吉姆尼留在這裡的人就是中村滿先生，也就是爸爸教過的學生、稻垣先生的同學。

【你可以現在撥個電話給他嗎？】

「好的。」

稻垣先生在手機螢幕點了幾下，移向耳邊。他一直聽著對方的回鈴音等候接通。

半晌過後，皺著眉頭的稻垣先生將手機從耳朵拿開，掛斷了電話。

「沒接，但應該沒有關機。」

【這樣啊。】

「他那邊應該存了我的手機號碼，所以，若不是拒接任何人的來電，就是手機沒擺在身邊。」

在場的人同時陷入沉思。

【我們這裡有他的住家地址，你知道他在哪裡上班嗎？我不曉得他目前從事的行業。】

「阿滿他……」說著，稻垣先生看了一眼弦爺。「……他之前是汽車維修技師。」

「維修技師？」

弦爺瞪大了眼睛。原來中村先生和弦爺是同行。

【是嗎？】爸爸的聲音中帶著詫異，【我一點也不曉得。真的是『汽車』的維修技師？】

「是的。他去上了汽車維修專業學校。那時聽到他做了這個決定，我也和老師一樣驚訝。我知道他上班的維修廠在什麼地方，那裡不大，供食宿，所以和住處是同一個地址。」

那裡供食宿。

「是不是維修廠裡有個像員工宿舍那樣的房間給他住呢？」

「大概是吧。我沒去那裡找過他。」

車用收音機亮起來了。

【除了維修廠以外，中村還可能到什麼地方呢？】

稻垣先生又一次眉頭緊鎖。

「我從剛才就一直在思考這個問題，但是實在想不出來。我和他一向都是約在小酒館見面的。」

我彷彿聽到了爸爸的嘆氣聲。

【稻垣，不好意思，可以麻煩你陪他們一起跑一趟中村的維修廠和住處嗎？】

「當然沒問題！開這輛車去嗎？」

【對。不好意思，因為我只能在這輛車裡才能和你們交談。】

從這裡到榮町的車程大約三十分鐘。這輛雪鐵龍很少開上街，但是隨時發動都不成問題，這得感謝弦爺特別費心保養車子。

停車場那邊我先擺放停車樁以及鎖上鏈條以防外車進入，並且拜託弦爺在家裡留守。還在鏈條掛上告示牌注明有事請洽詢弦爺家。

瑠夏說要一起去，繼續待在後座；稻垣先生也同樣坐在副駕駛座上。

我對自己的駕駛技術很有信心。無論在任何情況下開任何一款車，都有把握能夠飛速行駛，不過現在的狀況不至於那麼緊急。況且開太快爸爸一定會生氣；不僅生氣，還會罵人——說是車子開太快他會暈車，很難受。

稻垣先生撥了電話給花乃子姊告知自己和我以及瑠夏一起去處理一點事情會晚點回去，等回家以後再告訴她事情的前因後果。

我覺得稻垣先生的相貌五官端正，或許稱不上帥氣型男，但是面容誠懇又正直。他和擁有「花開小路商店街名譽店花」名號的花乃子姊站在一起，確實是郎才女貌。

車用收音機亮了幾下。我的眼角餘光看到稻垣先生轉頭看向車用收音機。

【你問過中村為什麼要當維修技師嗎？】

稻垣先生微微點了頭。

「問過了。我想一下……好像是在他剛從專業學校畢業的那個時候問的。」

直到這時我才明白過來。

對喔，中村先生的父母是出車禍身亡的。自己是因為交通意外、由於車禍事故而失去了家人，卻偏偏當上汽車的維修技師。

難怪爸爸剛剛有點吃驚。

【在你面前說出這番話我心裡很不好受，不過，我以為他相當痛恨車子？】

「老師請不必介懷。」稻垣先生口吻中似乎透著幾分歉意。「您不必擔心我，我已經克服了那段傷痛。」說完以後，稻垣先生望向我和後座的瑠夏。「小昴和瑠夏大概聽不懂老師和我在說什麼吧？」

「呃……」我老實地點了頭。「的確聽不懂。」

「我也一樣。」

「我們不懂也沒關係，只要您和爸爸知道就好了，不必另外解釋給我們聽。」

我握著方向盤這樣告訴稻垣先生。

「那不是什麼祕密，商店街上的大人幾乎都知道這件事。」

說到這裡，稻垣先生沒再繼續往下說。我看著前方開車，無從得知他此刻臉上的表情，只曉得瑠夏俯身向前想聽個分明。

「我……開車載著花乃子的父母，發生了車禍。」

「啊！」

「只有我獨自倖存，花乃子的父母就這樣被我害死了。」

車用收音機倏然發亮。

【他們不是被你害死的，肇事責任百分之百屬於另一方，你沒有任何過錯！】

我可以感覺到稻垣先生低下了頭。

原來……

是這麼回事。

我雖然不知道這件往事，但能感受到整條商店街對於稻垣先生和花乃子的婚事無不欣喜異常，甚至過度誇張地歡天喜地、興高采烈、額手稱慶，這下總算明白理由了。

我知道坐在後面的瑠夏同樣為之語塞。

這下稍早前提到的片段全部串起來了。

在車禍中逃過一劫的稻垣先生住院治療，於是中村先生去醫院探望他。

父母死於交通意外的中村先生，擔心在車禍中沒能保住女友父母性命的稻垣先生會承受不住良心的苛責。

原來曾經發生過這樣的事。

「真是太好了！」我直視前方開車，開口說話。可以感覺到稻垣先生轉過來看著我。「您和花乃子姊結婚，商店街的大人都特別高興。我們這些小孩子只是為了從小就認識的花乃子姊得到幸福而開心，但是大人們卻是打從心底慶幸與祝福，現在我總算明白原因了。真是太好了！」

後座的瑠夏也跟著點頭。

「恭喜您！我那時沒能出席婚禮，也只向花乃子姊祝賀過，現在向您補上道賀。」

我眼角的餘光瞥見稻垣先生有些難為情地笑了笑。

「謝謝。花乃子前陣子提過喔。」

「花乃子姊說了什麼？」

「她說，等到小昴和瑠夏舉行婚禮的時候，她要把這輛雪鐵龍布置成最美麗的花車！」

「哇，太好了！」

後視鏡裡映出後座的瑠夏笑靨如花。通常十九歲的男生女生聽到有人這麼說一定會很害羞，可是我和瑠夏從小就是聽著這樣的話長大，早就習以為常了。可能我們的神經比較大條吧。

【真感謝花乃子的美意，不過現在還太早嘍。】

大家都被爸爸的這句話給逗笑了。

【那麼，他的理由是？】

「對不起，話題岔遠了。」稻垣先生拉回稍早前的話題。「我那時也問過他，為什麼會選擇汽車維修技師這份職業？畢竟他有一段時期甚至連巴士都不敢搭。結果他說……」

【他怎麼回答的？】

「……他說，他回想起父親非常喜歡開車。」

原來中村先生的爸爸是一位愛車人。

「阿滿說小時候爸爸常載他去兜風。假日開車出門採買日用品時，父子倆會留在停車場裡等媽媽去買東西，這時爸爸總是抱著他坐在駕駛座上，一項一項教他開車的知識，比方車鑰匙要插進這裡、方向燈要這樣打、方向盤要這樣握……。他從小就立定志願，一滿十八歲就要去考駕照。」

我也和中村先生擁有相同的童年記憶。就在如今已變成停車場的地方，爺爺時常抱著我坐在車上教我開車。

「他告訴我，過了很久以後，終於記起了這段回憶。因此，他決定要親手維修汽車，盡己所能地減少車禍的發生。」

【這便是他成為維修技師的契機了。】

「是的。」

【這樣啊……】

爸爸喃喃說道，原來如此。我和瑠夏不知該說什麼才好，只默默點頭。

我想，中村先生選擇了自己的人生。包括稻垣先生、花乃子姊，以及中村先生在內，他們都在人生的路上選擇了未來的方向。

我自己先是媽媽離家，接著是爸爸過世，因而比誰更能深刻領悟何謂人生在世總有不如意。不過，我始終堅信，那些不如意同樣屬於自己生命的一部分。

「我大學讀的是農學院。」

稻垣先生對著我說。

「我曉得。」

我知道這件事。好像是小柊哥還是小　哥告訴我的。

「是麥屋老師引領我選擇了那條路。」

「是哦？」

爸爸是國文老師，和農學根本毫無相關呀。車用收音機也狐疑似地閃了閃。

【我沒什麼印象。】

「自從老師您教過我們宮澤賢治的《古斯科布陶利的傳記》之後，我就此成為宮澤賢治的書迷。」

宮澤賢治。這位作家的文章我也讀過不少，很能體會稻垣先生為什麼想讀農學院。

「還有，老師您常和女同學一起照顧學校的花壇，對不對？還託我幫忙搬土和澆水。這些都成為我日後選擇了農學院的誘因。」

【真令人欣慰。不過，最主要的理由應該是和花乃子交往以後受到她的薰陶吧？】

爸爸笑著說道。一旁的稻垣先生應該也露出了不好意思的笑容。對哦，花乃子姊和稻垣先生在高中時期就是男女朋友了。

「快到了！」

中村先生上班的維修廠。我不認為能在這裡找到他，但是只剩這裡可以打聽他的去向了。

「就是這裡了吧？」

國道旁有一間貌似超市的建築，後方是一片住宅區，就在轉角處豎著一塊「北乃維修廠」的招牌。看起來占地不大，屬於中小型的維修廠。

「感覺很有親切感，好讓人懷念喔。」

「這裡很像以前的『麥屋保修廠』耶！」

瑠夏說。她說得對。我們家的地沒那麼大，但是整體的感覺完全一樣。

【每一家維修廠都像這個模樣。】爸爸開口說道，【既然是自營維修廠而且有供食宿的員工房間，想必老闆也住在這裡。】

「應該是吧。」

問題是眼前只見一片漆黑。也有可能只是因為營業時間已經結束了。

「繞到後面看看吧。」

我把車子開到維修廠後面。那邊有像是住家的房子，屋裡亮著燈。

「可是，」瑠夏說，「這地方感覺好冷清喔。」

「嗯。」

一片死寂。雖說下班時間自然不像白天那般嘈雜吵嚷，但這樣的寂靜未免過於了無生機。

「走吧，我們去向老闆請教關於阿滿的線索。」

「好。」

【稻垣，我沒辦法離開車子，麻煩你了。】

「我了解。我和小昴去問一問。」

「我也要一起去！」

瑠夏很快推開後方的門下了車。我們和稻垣先生一同走到那棟像是住宅的房子前面，按了對講機。

叮咚的電鈴聲傳出之後，並沒有人隨即來應門。我和瑠夏互看一眼，稻垣先生則環顧四周。

「沒人在嗎？」

就在瑠夏嘀咕的時候，門後的燈光亮起，大門開了。

探出頭來的是一位伯伯。

滿臉的歷盡滄桑。

☆

三人回到怠速中的雪鐵龍，車用收音機旋即發亮。

【如何？】

「嗯……」

【看來，沒能探聽到線索吧？】

「問到硯台是怎麼來的了。」

開口的人是瑠夏。

「硯台是那位維修廠老闆的。那是老闆祖父的遺物，他連同退職金一起給了工作多年的中村先生，當成生活費的補貼。」

【退職金？】

「這裡禁止停車，我先開走，回程的路上再說給爸爸聽。」

我踏下油門，在國道上邊開車邊向爸爸說明。

一個月前，北乃維修廠倒閉了。這間維修廠、住家和土地都已經賣掉了。

「老闆和老闆娘即將搬去福井縣，老闆娘的娘家。」

維修廠的從業人員共有三名，逼不得已全數解雇。三名員工都住在維修廠裡，中村先生留到最後一個，最遲明天就得離開這裡了。

「老闆以為中村先生明天清晨才走。他滿懷愧疚，覺得自己沒能幫中村先生安排好下一個工作，說著說著還哽咽落淚。」

聽老闆說，中村先生從二十幾歲就在這裡做事，早已當他是親兒子了。老闆多次詢問中村先生接下來有何打算，中村先生只笑著讓他別擔心，船到橋頭自然直。

「老闆根本不曉得他今天晚上離開了，剛剛也在我們面前撥了他的手機號碼，他還是一樣沒接電話。」

稻垣先生做了補充。

這下真的無計可施了。

「爸爸，怎麼辦？」

【這樣啊。】

車用收音機閃了一下。

【稻垣，你大概也不曉得他有沒有其他比較熟的同學吧？】

「不曉得。」稻垣先生有些懊惱地回答，「我有中學同學的通訊錄，可是得回家一個一個打電話去問。我自己現在幾乎沒有常聯絡的同學，我想阿滿應該也一樣。我沒聽他提過和誰比較要好。」

【這樣喔。】

我們徹底束手無策了。總不能開著車漫無目的四處找人吧。

「恐怕只能祈禱他會來贖回硯台了。」

瑠夏說。

【只能這樣了。】

中村先生借了五十萬圓。既然是借款，總得償還才行。問題是，原則上當鋪願意給予周轉的款項，必定少於流當品的出售金額。換句話說，只要把典當的硯台賣掉，當鋪就能回收這筆借款了。

好半晌沒有人開口說話。我也不發一語，朝花開小路商店街的方向行駛。

車裡乍然響起一陣復古轉盤式電話的來電鈴聲。

眾人全被嚇得一抖。

這個來電鈴聲不是我的、也不是瑠夏的手機。只見稻垣先生慌忙地掏出自己的手機，然後一臉錯愕地看著我。

「是阿滿！」

中村先生？

我從眼角餘光瞥見稻垣先生的手指在手機螢幕滑了一下。

「喂，阿滿！」稻垣先生話聲急切地接了電話。「嗯，我打過電話找你！你……什麼？停車場？對啊，你把車停在麥屋老師家的維特泊車了！嗯……嗯……」我可以感覺到稻垣先生講電話的時候頻頻朝我投來視線。「對啊，你到底在想什麼啊！嗯，往回走了？貓？」

為什麼突然冒出「貓」這個字眼？

「怎麼忽然提到貓了？你也不曉得？嗯，總之先這樣，你在那邊了吧？我們正在趕回停車場的路上，大約再十分鐘就到了，你在那裡等著。嗯，一定要等我們回去喔！嗯，好。」

稻垣先生掛斷電話，輕輕吐了一口氣。

「是阿滿打來的。他還活著。」

車用收音機急促地閃動。

【他在哪裡？】

「他現在在花開小路商店街，正在走回維特泊車。」

「走回我家？」

「對，他說在折返的路上。」

「折返的路上……也就是剛才去了別的地方嘍？」

瑠夏發問。稻垣先生點點頭。

「我也聽不太懂，他說什麼有個像貓的女人罵了他一頓，所以他折回來了。」

「像貓的女人？」

【貓？】

爸爸和我和瑠夏齊聲發出了同樣的疑問，我不由自主地轉頭看著稻垣先生的臉。

「他在電話裡是這麼說的。」

稻垣先生同樣十分納悶。

像貓一樣的女人……？

我們提前打過電話，所以到家時弦爺已經摘下鏈條等候，我也就順勢把雪鐵龍停進固定的位置了。

中村先生就站在弦爺的身旁。稻垣先生一等車子停好立刻下車，出聲喊了他：

「阿滿，你實在是……！」

「對不起，我錯了。」

中村先生苦笑著揚起右手道歉。

「稻垣先生，」我搖下車窗，開口招呼，「請進來車裡談吧。」

稻垣先生微微一愣，點了頭。我也下車把電線和水管接回車身，將擋輪墩卡在輪胎底下。瑠夏推開後車門請大家進來，自己則換到副駕駛座。弦爺先上車，中村先生和稻垣先生也跟著魚貫而入。車裡一下子多了三位成年男子，忽然覺得有些擁擠。

中村先生帶著好奇的眼神頻頻打量雪鐵龍的內裝。

「真不可思議！」

「很不可思議吧？」稻垣先生說著，抬起手朝回到駕駛座的我比了一下。「這位是麥屋老師的公子，小昴。」

「喔！」中村先生點著頭，滿臉笑意地向我伸出右掌握了手。

「剛才把車子放在這裡的時候就猜想你應該是老師的兒子。我是中村，非常感謝麥屋老師的照顧！」中村先生如連珠砲似地迸出這番話，隨即面露慚愧地向我欠身致歉。「我過了很久以後才聽說麥屋老師過世了。對不起，沒來得及參加葬禮。」

「請別這麼說。謝謝您。」

我瞄了一眼車用收音機，沒有發亮。爸爸一定在仔細聽著車裡的交談。所以我趁中村先生低下頭的瞬間向稻垣先生豎起食指抵在嘴上，示意他先別把爸爸的事說出去。

稻垣先生輕輕點頭表示明白了。

「阿滿，那件事之後再道歉……」

「我知道！」中村先生揚起右手。「很抱歉我擅自把車子扔在這裡，還留下那種造成困擾的信。真的非常對不起。」接著，他看著副駕駛座的瑠夏。「妳是當鋪的千金吧？」

「喔，是的。」

「不好意思，我留下典當品就消失無蹤，讓貴當鋪擔心東西流當。我已經把借到的錢還回去了。」

什麼？我和瑠夏面面相覷。

「您已經還回去了嗎？」

「剛才還的。現在硯台放在吉姆尼裡面。」

弦爺看著我點頭證實。也就是說，中村先生一回到這裡就馬上去還錢了。稻垣先生沉下臉來問他：

「到底為什麼會鬧出這場風波？」

稻垣先生的神情透著幾分惱怒。中村先生苦笑著抓抓頭，然後回答：

「你們去過維修廠了吧？老闆打電話跟我講了。」

「去了。在那裡聽到了事情的原委。」

中村先生嘆了氣。

「我也不曉得該怎麼說，反正就是心情一時變得很感傷。」說著，他望向車外的那輛吉姆尼。「明天以後我就沒了家也沒了工作。我打算開著它出門旅行一陣子，晚上就睡在車裡。老闆給了些退職金，加上賣掉硯台還能拿到一筆不小的錢，應該夠我玩上一個月。」

「為什麼不來找我！」

「要是把這事告訴你，一定會讓我先去住你家。我怎麼可以去打擾新婚夫妻呢？」

的確，若是稻垣先生得知好友遇到困難，想必會盡力相助。

中村先生輕嘆一聲。

「前幾天是那樣盤算的，可是今天忽然想起了麥屋老師。」他看著我，露出了有些惆悵的笑意。「我真的非常感激麥屋老師。」

「感激？」

中村先生臉上的笑容變得燦爛。

「事故發生的時候，老師一直陪在我身邊。是麥屋老師讓變成孤兒的我好好面對現實。可是畢業以後，我卻連一次都不曾回來探望過老師，直到多年以後才得知老師已經過世了。我好後悔。真後悔為什麼沒來看看他呢。多虧麥屋老師的熱心開導，我才能夠好好活下去。」

「是老師開導了你？」

稻垣先生反問。

「對，他說自己是個沒出息的男人，連老婆都跑了。」

我沒想到爸爸會用這種自嘲的方式來開導學生。

話說回來，爸爸說的也是實話。

「他向我道歉，說這樣一個沒出息的人當我的老師，覺得很過意不去。我當時心想，老師不必為了那種事說對不起呀。回想起來，必須感謝老師當時一直陪著我還不斷安慰我。現在才明白，人生會面臨許多磨難，最重要的是活下去。」

車用收音機忽然亮了一下，但是爸爸並沒有發出聲音。

「不知道為什麼，突然很想來找老師敘敘舊，再聽一次老師的開導。儘管明白這個願望再也無法實現，還是來到這裡。就這樣碰巧看見當鋪的招牌，一時鬼迷心竅，腦中冒出了這樣的念頭：太好了，賣掉硯台、順便把開了很久的老車也一併遺棄，孑然一身輕，逍遙又自在。我想，老師的兒子一定可以妥善處理那輛吉姆尼的。」

車用收音機又亮了一下，爸爸依舊沒有說話。我還以為爸爸聽到這裡總該開口了。

「那麼，您為什麼會回來呢？」

問話的人是瑠夏。稻垣先生也點著頭探問：

「你剛才在電話裡提到的貓是怎麼回事？」

中村先生面帶疑惑地歪著頭，無奈地笑了。

「我也不曉得啊。我身上只帶著錢包和手機，隨意走走逛逛，忽然有個女人叫了我一聲。」

女人……。

「突然間，我屁股被踢了一腳。」

屁股被踢？

突然間？

八　猫與謎樣的女人

有個女人忽然踢了中村先生的屁股。

「你被一個不認識的女人踢了？」

「對啊！」中村先生朝稻垣先生用力點了頭。「我連生氣都來不及就差點先嚇死啦！整個人都飛出去了耶！」

「飛出去？」

「這不是誇大的形容詞，而是真真實實被踢了一腳以後身體彈到空中飛出去摔落地面喔！」

「太厲害了……」稻垣先生的語氣帶有感佩。「你至少有六十公斤吧？」

「是六十七公斤！我飛出去至少一公尺遠。奇怪的是，身體雖然會痛，卻又不怎麼痛。」

卻又不怎麼痛……這是什麼意思？

「她的力道掌握得很好，踢出的那一腳剛好把我整個身體往上抬起來。」說著，中村先生也忍不住佩服地點頭。「感覺就像是輕飄飄地浮在空中。」

我不確定那個女人是怎麼辦到的，說不定中村先生遇上一位技藝超群的搏擊手吧。

「對方是個什麼樣的女人？」

「不知道。那是一條小巷子，烏漆墨黑的，而且她把帽簷壓得很低。我只知道是一個穿著黑色夾克、黑色牛仔褲、黑色運動鞋的女人。」

「哦，一身黑？」

瑠夏說。

「是啊，簡直像在暗巷裡的一隻黑貓，看不清人影。我趴在地上還在發愣，聽見她對我扔下一句『你到底在想什麼？堂堂一個成年人居然把無辜的孩子拖下水！』」

「孩子？」稻垣先生跟著複誦，納悶地歪著頭看我。「她是指小昴嗎？」

「應該是吧。」

被人喚成孩子讓我有點不開心，可是對方說得也沒錯——我才從高中畢業不久，還沒滿二十歲。

「我根本聽不懂她到底在講什麼。直到這時候我終於回過神來火冒三丈，破口大罵：妳這是幹什麼！……講起來挺幼稚的，我差點一把揪住她的衣領……噢不，我沒有揍人的打算。雖然不曉得對方的年紀，至少看得出是個女人，總不能對女人動粗吧？總之，我正打算抓住她的手問個清楚……」

「結果這次又被抓住手反扭了？」

中村先生連連點頭同意稻垣先生的描述。

「她抓住我的手臂往後折，還把我的腳掃開，害我跌坐在地上。」

我和稻垣先生以及瑠夏無不瞪大了眼睛。只有弦爺仍是一臉平靜，應該是在我們回來之前就聽過一遍了。究竟是什麼樣的女人擁有如此高強的武藝？

「她順勢騎在我身上讓我無法動彈，那個招式應該叫做壓制吧？然後她說，『我不清楚你有什麼苦衷，但是你並不孤單。現在就回到車子那邊靜下來好好想想：自己若是就此消失了，會造成什麼樣的後果！』」

稻垣先生緩緩點了頭，彷彿正在思索著什麼。

「所以，你就回來這裡了？」

「關節都被摁住，身體根本沒力氣了。那女人說完話以後終於放開我，可是等我爬起來以後她已經不見了。我簡直嚇破膽了，這才清醒過來，發覺自己的確欠罵。留下那樣的信一定會給大家添麻煩的。於是一邊往回走，一路痛罵自己是笨蛋。」中村先生說到這裡，看向弦爺。「回到這裡一看，雪鐵龍不見了，停車場只剩這位老人家。從他口中聽完我離開之後發生的事情，這下總算明白那個女人的那番話了。原來她說的是這個意思。還有，也知道了稻垣被叫過來一起幫忙。」

「然後你就反省了？」

「沒錯。」中村先生嘆了一聲，直視我又一次深深鞠躬。「惹出那麼大的麻煩，真的非常抱歉！」他抬起頭，看向稻垣先生。「對不起啦。」

稻垣先生不禁苦笑。

「算了，沒事就好。」

「唔……」開口的人是弦爺。「這的確是件麻煩事，不過想到中村小老弟的處境，工作沒了，住的地方也沒了，倒也不是不能體會你的心情。」

稻垣先生跟著點了頭。

弦爺的話有幾分道理。

「我好像也懂了中村先生的心境。」
稍早前中村先生提到自己一時變得很感傷。
「那種感覺像是全世界只剩下自己孤身一人，不由得想拋棄一切，浪跡天涯。」
或許，我也曾有過和中村先生同樣的心境。
聽完我的話，稻垣先生、弦爺以及中村先生都輕輕點頭，臉上的表情像是若有所思。
「不可以！」副駕駛座上的瑠夏猛然伸手揪住我的衣服。「你想錯了！你絕對不是孤身一人啦！」
眼見瑠夏急得都快哭出來了，我連忙握住她的手。
「好好好，我曉得那樣想是不對的！我只是說，能夠體會那樣的心情而已。」
我並不孤獨。
我有爸爸、我有瑠夏、我有早枝奶奶、我有弦爺，我有那麼多人關心我、陪伴我。
「我絕對不會悶不吭聲遠走他鄉的！真的只是能夠理解那種心境罷了！」
弦爺和稻垣先生忍不住竊笑。連中村先生也跟著笑了。
「話說回來，那位穿得一身黑的女子，還真是個謎。」
稻垣先生說。

「就是說嘛。」

一定是認識我的人，而且還能預測到中村先生打算做什麼。

「除非她一直監視這裡，否則不可能發現中村先生不打算回來了。」

「有道理。」

弦爺點著頭，雙臂抱胸思量。稻垣先生側著頭忖度，視線移向車用收音機。

車用收音機沒有發光。爸爸始終沒有發出聲音。爸爸默不作聲，表示不想讓中村先生知道自己的靈魂在此駐足。

「大概是偶然撞見或是聽到的吧。」

弦爺說道。

「撞見？」

「或許是機緣巧合之下路過這裡，就和小昴一樣，目睹了中村先生進入和離開停車場時的模樣。接著又聽到小昴幾個人在雪鐵龍裡的談話，察覺到有突發狀況，因而專程去找中村了。」

「她聽到我們的交談？」

「這種可能性並不是零。我們討論時車窗是敞開的。假如她緊貼車身蹲在雪鐵龍旁邊，即使沒能一字不漏聽到全文，至少也可以掌握個大概。」

不過，如果是貼在雪鐵龍的旁邊，可能會被側門後視鏡照到身影，這樣一來，應該會被爸爸看到。

我想問問爸爸，可惜車用收音機並未發亮。看來，爸爸是打定主意不願意讓中村先生知道這件事了。既然如此，稍後再問也無妨。

「大家在這裡絞盡腦汁也想不出個所以然。」弦爺說道，「總而言之，那名女子認識小昴，而且也為小昴出了力，她一定是個好人，或許再過一陣子就會知道真實身分了，暫時不必刻意追究。」

「您說得是。」

稻垣先生點頭贊同。我和瑠夏也齊聲附和。若是沒有她，很可能我們現在還像無頭蒼蠅一樣急著尋找中村先生，而中村先生也仍舊中了邪似地四處遊蕩。

可以肯定的是，她幫了一個大忙。

「那麼，阿滿……」稻垣先生說，「你來我家！」

中村先生沒好氣地笑了。

「非常感激盛情邀請，但我可不好意思睡在新婚夫妻家裡。」

「既然這樣，來住我家吧！」弦爺說道，「就是那間獨棟屋，我一個人住，還有空房間。反正吉姆尼暫時得放在停車場裡，你就順便住下吧。」

「不不不，這怎麼好呢？」

「請別在意，挪出一個車位沒問題的。停在角落那個位置就可以了。」

弦爺等我講完，點著頭繼續往下說。

「你的新工作也還沒著落吧？」

中村先生點了頭。

「我以前也是維修技師，在麥屋家工作。現在還有幾個熟人在維修廠做事，可以幫你打聽有沒有哪裡缺人。不必客氣，先在這裡落腳，等找到工作再說。」

「怎麼好意思這樣添麻煩呢！」

中村先生的臉上寫著滿滿的愧疚。

「爸爸常說，衣袖相拂亦是數世之緣。」

爸爸生前是國文老師，我相信稻垣先生和中村先生在學校的時候，一定常聽到爸爸提起這句話。

「中村先生是特地來看爸爸的，如果他還在世，一定說什麼都非要您住下來不可，所以請別客氣。」

中村先生看著我，輕嘆一口氣，彎身鞠躬。

「謝謝。那就叨擾大家一段時間了。」

「這樣吧！」稻垣先生像是靈機一動，豎起食指說，「要是在找到工作之前受人照顧會讓你心裡有疙瘩，那就來我家的韮山花坊幫忙送貨。」

「那有什麼問題，儘管吩咐！」

「對了，可以請您也幫忙輪值停車場嗎？」

「遵命。」

「愈看愈覺得……」中村先生盯著我看，嘴角勾起一抹微笑。「小昴的眼睛像極了老師的！不愧是父子。」

「我常聽人這麼說。」

大家都笑了。不過，有人告訴我，面貌的整體感覺比較像媽媽。

稻垣先生說下次再來慢慢聊，我猜他一定是想和爸爸敘敘舊。中村先生把放在車上的一點點行李搬到弦爺家。後續的事交給弦爺，沒什麼好擔心的。

我和瑠夏回到雪鐵龍，開口喚了爸爸。

「爸爸。」

車用收音機亮了起來。

【嗯，事情能夠圓滿收場，真是太好了。】

「這樣處理可以吧？」

【很好啊。如你所說，假使爸爸還活著，也會這麼做的。】

「可是爸爸，您沒和中村先生說話。」

【的確……】爸爸頓了一頓，接著說道，【讓稻垣知道我的存在是不得已的緊急措施。當然，並不是表示我不信任中村，只是這件事愈少人知道愈好。】

原來爸爸有這層考量。

「剛才提到的那個女人，伯伯知道是誰嗎？」

瑠夏詢問。

【毫無頭緒。】爸爸幾乎是立刻回答。【或許如同弦伯推測的，她躲在雪鐵龍旁邊，畢竟後視鏡還是有照不到的死角。只能說，我當時並沒有特別留意車旁是否躲著人。】

難道事實真如弦爺的猜想嗎？

【弦爺說得好，儘管不清楚對方的身分，並且處理事情的方式也有些粗魯，但她是出於好意，也很關心你，對她懷著感謝之心就好了。】

☆

五月底，一連幾天皆是陽光明媚。爸爸說，今年梅雨要遲到了。

「是哦？」

【剛剛聽廣播說的。】

不知道是不是因為爸爸能夠透過車用收音機的音響喇叭說話，他可以自己收聽廣播節目。不過他也抱怨，從收音機的喇叭播放節目時像是直接傳進耳朵裡的，聲音大到都快震聾了。

所以，我從來不用雪鐵龍的收音機功能，非得聽廣播時就用 iPhone，不過那種機率幾乎趨近於零。

「大晴天好是好，就是灰塵多。」

【在所難免。】

「我去打掃。」

六點半吃完早餐收拾以後，就把用來固定鏈條的停車樁收起來，拿掃帚清掃停車場。

我試過各種打掃用具，結果發現像這樣的大片空地，還是用古早的竹掃把打掃起來方便又順手。

打掃完畢後，接著取出羽毛撢輕輕地拂去車身的塵埃。車頂則改用長柄羽毛撢，三兩下就乾淨溜溜。

昨天沒有外車過夜，留在停車場裡的只有家裡的 Mini Cooper 和雪鐵龍而已。

其實就算不打掃也不會有人罵我，不過爸爸常說，只要環境整潔乾淨，就不會引來不祥之物。因此包括弦爺家面向停車場的窗戶，我也會定期擦拭。

到了夏天暑氣蒸騰的時候，我會拿水管噴灑外牆再用刷子刷洗，感覺十分暢快。不過只能利用沒有顧客停車的期間才能這樣盡情沖刷。

「早安！您好。」

「早。」

通常第一位上門的常客固定在早上七點十五分抵達，停好車後出去，中午回來取車。兩年來這位顧客一直是每星期來三趟，不過至今依然不清楚他做什麼工作。

這位低調的中年男士總是一身西裝。爸爸認為他可能從事稅務會計師之類的相關行業，早上到客戶公司處理承攬的相關業務，上午完成工作以後再去拜訪其他客戶。

大約有五六組常客都是一早就來停車的，包括大樓維修人員的公司車、清潔公司的廂型車等等。

除此之外，還有一些人雖然不是常客，但同樣是在上午時段來停車。

我猜想，這些人大概是去「那個地方」吧。

現在進場的這一位可能也是去那裡。只見車主熟門熟路地將車子開進來，隨意找個空位停進去，接著快步走向雪鐵龍。

「早安！為您保管車鑰匙。」

車主是女性。如果稱為中年婦女，應該會生氣吧。

她牽著一個小孩，是個小男孩。

「這是停車票卡。」

我將票卡遞過去，她只微微點頭，一句話也沒說。

「如果您稍後在花開小路商店街消費，請別忘了索取收據。」

我自認為服務態度相當親切，這名女車主卻依舊面無表情地點了頭。

一語不發的她急匆匆地走出停車場，小男孩跟在後面追。看不出來是幾歲的孩子，應該還沒上小學吧。

【是輕型汽車吧？】

車用收音機閃了閃，發出爸爸的聲音。

「對，是一輛藍色的輕型汽車。」

車子的外觀不舊也不新。我不會無故偷窺顧客的車子，但從後擋風玻璃可以稍微看到車子的內部，裡面有點髒亂。

【車主帶著孩子吧？】

「嗯。」

現在時刻九點半。不像是來買菜的。這個時間商店街許多店鋪尚未開門營業，所以不是來買東西的。

【來打小鋼珠的？】

「應該是。」

鎮上有一家開了很多年的小鋼珠店，不過並未加入花開小路商店會。

店名是「衝刺小鋼珠店」。

聽爸爸說，這家店的老闆從他小時候到現在都是同一位。至於為什麼未加入商店會，爸爸不清楚原因，也不曾問過別人。衝刺小鋼珠店也有一處附設停車場，但是占地不大，我們雖然不是它的特約停車場，仍有不少客人會把車子停在這邊。

不曉得什麼緣故，衝刺小鋼珠店的多數客人都在十點開始營業之前的九點半左右就先來停車了。

我無法理解為何有人會帶著孩子去打小鋼珠。難道他們從沒在電視新聞上看到每年起碼會發生一件與小鋼珠店有關的兒童意外嗎？

【至少沒把小孩留在車裡，已經是不幸中的大幸了。】

「要是被我發現把小孩留在車裡，我可要罵人啦！」

【是啊，爸爸支持你表達憤怒。不過要當心，別惹了不該惹的人物。】

「我會注意的。」

人們通常將自己的車內視為私人空間。很多人放在停車場的車子裡面堆著各種物品。

印象中是去年的事，有輛車的後座坐著一名成年人，車主獨自離開了。我以為車主很快就回來了，而後座的乘客睡著了所以留在車上，後來赫然發現後座坐的是一具假人模特兒。

「那次差點被嚇暈了！」

【是啊，身穿衣服，乍看之下難以分辨。】

「就是說嘛。那個假人穿著漂亮的洋裝，好端端地坐在車裡。」

我猜想應該是工作所需吧。但是當車主回來取車時，終究提不起勇氣詢問「那是做什麼用的」。

車裡太熱了，我把窗子和車門統統敞開。沒有顧客上門的時候，我不是坐在駕駛座看書，就是待在後座看ＤＶＤ。

至於爸爸，通常以浮想聯翩或者傾聽鎮上的動靜來打發時間。我問過爸爸，這樣會不會很無聊？爸爸說自從沒有身體之後，那種感受也跟著消失了。

爸爸進一步解釋，現在的他純粹觀看和聆聽，不必刻意做什麼就很自在。不覺得疲倦，自然也不需要睡眠，那種感覺相當奇妙。關於這點，唯有死後化為靈魂才能親自領略爸爸的描述，問題是不曉得世上還有沒有像這獨留魂魄在人間的其他例子。

【小昂。】

「怎麼了？」

【停車場裡好像有其他人。】

「真的嗎？」我抬起頭看了一圈，停車場空無一人。「沒有啊！」

【有個小孩躲在車子旁邊。】

「小孩？」

我急忙跳下車。附近的小朋友有時候會穿越停車場抄近路，這樣實在太危險了，只要被我發現一定三申五誡嚴禁進入。

如果把家裡的 Mini Cooper 算在內，目前總共停放了七輛車。

「啊！」

看到了！

是個小男孩。

就是剛才那個孩子。他縮成一團，躲在自家車子的暗處。

「小朋友，你在這裡做什麼呀？」

我連忙跑過去問了一聲，他猛地站起來，盯著我瞧。

「我在等媽媽。」

「媽媽會來接你嗎？」

我向周圍張望了一下，沒有看到其他人，於是蹲下來和他平視。這是爸爸教我的，和兒童交談時，一定要和孩子處於相同的高度。

「小朋友，大哥哥跟你說喔……」

「嗯？」

「這裡常常有車子開進來，很危險。你看那邊有輛紅色的車車，車門是開著的對不對？看到裡面的椅子了嗎？」

「看到了！」

「那裡是這個停車場的繳費亭，我們去那邊坐著等媽媽來接你，好不好？」

小男孩用力點了頭。

「好！」

「好乖。」

真是個乖寶寶。小男孩很聽話，看起來相當聰明懂事。我再度望向四周，並沒有發現他媽媽的身影。

「喔，你看，有車車進來嘍！我們趕快跑過去！」

我牽起小男孩的手，他也緊緊地握住，兩人一起小跑步到雪鐵龍。開進來的是那位顧客。

一輛粉紅色的輕型汽車。這位阿姨偶爾會來停車。她總是穿著套裝，可能是業務員吧。頭髮蓬鬆，和我很像。

阿姨和往常一樣在雪鐵龍前面停了車。我趕快把小男孩送進雪鐵龍裡坐好。阿姨恰巧下車走了過來。

「咦？」

她看著我和小男孩，露出了微笑。

那個微笑充滿慈母的光輝。我見過瑠夏的媽媽和其他同學的媽媽看到小孩子的時候，臉上都是帶著這種溫柔和藹的表情。

「好可愛喔，是你弟弟嗎？」

阿姨詢問。

「不是我弟弟。好像是把車子停在這裡的女顧客的小孩，自己一個人先跑回來了。」

「什麼？」阿姨皺起眉頭。「他媽媽還沒回來嗎？」說完，她左右張望。

「還沒看到。我怕發生危險，先把他帶回這裡了。」

「是呀，太危險了。」

阿姨今天同樣身穿套裝，是米色的薄料套裝，還拎著手提包。她身材纖細，總是笑咪咪的。我猜保險業務員應該都是這種感覺吧。

她在敞開的後車門前彎下腰，向小男孩說話：

「小朋友叫什麼名字？」

「我叫『隆志』。」

「你叫做『隆志』哦？知道媽媽的名字嗎？」

小男孩臉上沒有絲毫懼色。

「媽媽叫『溫子』。」

「媽媽的名字是『溫子』哦？知道媽媽姓什麼嗎？」

「媽媽姓『金本』。」

原來那位車主名為「金本溫子」。聽小男孩的發音，可能是這幾個字，或者同音字。

阿姨直起身子，輕輕點頭。

「那位金本溫子小姐還沒出現吧？」

「還沒出現。」

我們兩人左顧右盼。停放藍色輕型汽車的女車主應該就是金本溫子小姐，錯不了。

阿姨看著我，溫柔地笑著問：

「是哪一輛車？」

「那輛藍色的輕型車。」

「好。你不知道車主去哪裡了吧？」

我不知道她去哪裡了。我猜她大概去打小鋼珠了。雖然只是一種預感，但很有把握。

「我想，應該是去小鋼珠店，不過無法確定。」

阿姨一聽，面色變得凝重。「打小鋼珠？」她像是感到不屑地噘著嘴。「真傷腦筋……」接著她再次面向隆志彎下腰。「隆志小弟弟，媽媽去打小鋼珠了嗎？」

隆志老老實實地點了頭。果然不出所料。

「媽媽有沒有要你先去車子那裡等她，她馬上就過來呢？」

隆志搖了頭之後回答：

「我不喜歡那裡，就跑出來了。」

「跟媽媽講了嗎？」

「沒有。」

隆志的聲音有點顫抖，眼睛也變得濕濕的。

「哎呀，別怕別怕，阿姨和大哥哥沒有生氣唷！」阿姨向前溫柔地輕輕摟住隆志的頭，就像媽媽安撫孩子的動作。「乖喔，別哭別哭。這個大哥哥也是個善良的好哥哥，不必害怕。」

隆志聽了，總算忍住了即將掉下來的眼淚，乖巧地點了頭看著我們。

阿姨以眼神示意我到旁邊詳談。我隨她走了兩三步，繞到雪鐵龍的車頭。

「你打算怎麼處理？陪他一直等到媽媽來接嗎？」

「呃……」

我其實很想找爸爸商量。

「我想稍微等一下，大概再等個十分鐘到十五分鐘，如果到時候還是沒出現，就和小鋼珠店那邊聯絡看看。」

「好的。」阿姨讚許地點了頭。「當管理員真辛苦。」

「哪裡，這是我的本分。」

「說得也是。」她微笑著環視停車場。「我可以把車子停在那邊嗎？」

「喔，交給我就好！」

阿姨每次來都把車子暫停在停車場的入口。

「沒關係，我自己來，你去照顧隆志小弟弟。」

原來她擔心我忙不過來，顧此失彼。

「不好意思，那就麻煩您了。」

我趁阿姨移車的時候準備好停車票卡。隆志乖順地坐著，兩條腿晃呀晃地，一直望著車外看媽媽來了沒。

「來，鑰匙麻煩保管嘍。」

「這是您的停車票卡。」

「謝謝。……隆志小弟弟！」

隆志聽到叫喚，抬頭看著阿姨。

「你要聽大哥哥的話，乖乖在這裡等媽媽喔，知不知道？」

「好！」

隆志使勁點了點小腦袋瓜，然後直愣愣地盯著我看。

這下麻煩了。我並不討厭小孩子，只是不曉得該如何和他們打交道。

我很想問爸爸是不是該去請他媽媽回來比較好，可是隆志在車上，沒辦法問。

真糟糕……我暗自叫苦。沒辦法，先給瑠夏傳 LINE。

〔HELP！這裡有小孩！〕

〔聽到停車場的說話聲一直在看著。馬上下去！〕

我抬頭望向瑠夏的窗戶，看到她揮揮手隨即消失身影。她一定比我還會帶小孩。

瑠夏立刻跑了過來。

只見笑靨如花的她開開心心地打了招呼，往隆志的身邊一坐，開口說：

「小姊姊的名字叫做瑠夏喲！」

小姊姊……？

「瑠夏小姊姊……瑠夏小姊姊！」

隆志的表情從呆愣轉為歡喜，笑咧了嘴又喊了一次瑠夏小姊姊。

對喔，你是男生，比起大哥哥想必更喜歡可愛的大姊姊吧。

「對，我是瑠夏小姊姊。我陪你玩，一起等媽媽來吧！」

「好！」

「好乖。等小姊姊一下下喔。」

我見瑠夏踏出車外，就跟著下車走到車頭的地方。瑠夏跑了過來，小聲問我：

「怎麼回事？」

我告訴她，隆志的媽媽很可能是去了小鋼珠店，只有他一個人偷偷跑回停車場，至於剛才和我交談的阿姨則是恰巧來停車的常客。

瑠夏點著頭，明白了事情的始末。

「你打算怎麼辦？」

我把稍早前給阿姨的答覆重說一遍，也就是再等個十分鐘到十五分鐘。瑠夏也同意了。

「就這樣吧。」

「萬一到時候還是沒來，就打電話給衝刺小鋼珠店說一下事情的經過，請他們找到金本溫子小姐來接電話，或者幫忙轉述。」

「好主意！好，我陪他打電玩吧！」

「要不要拿些糖果餅乾給他吃？」

瑠夏搖頭否定了我的提議。

「不可以，我們不知道他會不會對什麼食物過敏。」

「對喔！」

我沒考慮到那種風險，幸好有瑠夏在。她馬上回到車裡，而我必須接待正要進場的顧客。

我在接待顧客、幫顧客停車的時候，目光一直飄向瑠夏他們那邊，看到兩人開心地打電玩了。這樣隆志應該暫時不會哭，可以乖乖等著媽媽來接他了。正當我走向他們，準備加入電玩戰局的時候，忽然聽到一陣快走的腳步聲。抬頭看向商店街那邊，只見兩個女人往這裡靠近。

「咦？」

是隆志的媽媽！

而在她身後的則是那位阿姨。

也就是粉紅色輕型汽車的車主。

九　粉紅色的輕型汽車與阿姨以及刑警

隆志幾乎像彈簧似地跳起來衝出雪鐵龍撲向媽媽。

隆志的媽媽，也就是金本溫子小姐。

那位金本溫子小姐露出一抹若有似無的微笑，彎下腰迎接奔向自己的隆志，並且握住他的小手。

原以為她應該會向隆志說聲對不起或是責備他不可以一個人跑掉，結果她一句話也沒說，只牽著隆志的手朝我走來。

然後，她面帶不耐煩地遞出停車票卡。

「您好。停一個小時，向您收兩百圓。」

她嘴裡唸唸有詞地從包包裡掏出錢包數著硬幣。一旁的隆志看著我，站得直挺挺的。

「收您兩百圓整，謝謝。這是收據。」

隆志的媽媽依舊悶不吭聲地接過收據，所幸還是溫柔地牽著隆志的手，走向藍色的輕型汽車。隆志朝這邊偷瞧一眼，揮揮手像是說再見，我和瑠夏也笑著向他揮了手。我知道這時瑠夏一定在心裡暗罵那個媽媽的態度真是太差勁了，和她可愛的兒子簡直是天壤之別。

她發動引擎，緩緩開向馬路。坐在後方兒童座椅上的隆志又一次對著我們揮手。

我為隆志誠心祈禱，希望他往後可以過著幸福的人生，卻又有點擔心這個願望能否實現……隆志，對不起，哥哥和姐姐能為你做的唯有獻上祝福。

至於那位阿姨，也就是身穿米色薄料套裝、駕駛粉紅色輕型汽車的女士，從頭到尾都頗具威嚴地昂首挺立於人行道上密切關注著事態發展。

我想，應該是阿姨親自去了一趟衝刺小鋼珠店。

到了店裡以後，可能是透過店內廣播之類的方式找到金本溫子小姐，甚至訓了她一頓，然後將她帶回這裡。

或許是我抱有成見，從金本溫子小姐回到這裡的神情看來，她對於隆志失蹤一事既沒察覺也不驚慌，反而還有點責怪我們多管閒事。不幸中的大幸是，她至少沒有動手毆打和破口大罵隆志。

在目送藍色輕型汽車駛離之後，阿姨向我和瑠夏輕輕點頭示意，揚了揚右手，轉身邁開颯爽的步伐走向商店街。

哇，帥爆了！

根本是那部老電影裡的女主角嘛。

我想一下……對了，就是吉娜・羅蘭茲出演的那部《女煞葛洛莉》③！阿姨像極了那部電影裡的女主角！

③一九八〇年上映的美國電影 Gloria，另譯《鐵血娘子歌莉亞》。該片為美國女星吉娜・羅蘭茲（Virginia Cathryn "Gena" Rowlands，一九三〇～至今）與當時的導演丈夫約翰・卡薩維茲（John Nicholas Cassavetes，一九二九～一九八九）共同完成的作品，並且榮獲威尼斯影展金獅獎。故事內容為一名單身的中年女士葛洛莉意外受託照顧鄰家男孩，黑手黨在戕害男孩父母之後繼續追殺其子，葛洛莉決定挺身而出保護這個陌生的男孩，兩人就此踏上了驚險的逃命之旅。

「那一位……」瑠夏目送阿姨的背影離去並且問了我，「是久久才來一次的顧客吧？」

「對。」

她來停車的頻率並不固定。我印象有點模糊，差不多一個月來一趟吧。

「這是第一次和她說那麼多話。」

「平常只有基本的寒暄嗎？」

「對。」

歡迎光臨、您好、您來取車了、歡迎再度光臨。

「頂多說這幾句。」

車用收音機一閃一閃的。

【總之，事情順利解決了吧？】

「嗯。」

雖然不確定隆志的媽媽會不會戒掉打小鋼珠的嗜好，至少今天這起意外算是圓滿落幕了。

「爸爸從後視鏡裡看到了那個帶隆志的媽媽回來的阿姨吧？」

【看到了。】車用收音機閃了一下。爸爸接著說道，【那位女士覺得無法袖手旁觀，所以特地去了一趟小鋼珠店吧。】

「應該是這樣。」

「很少人願意這麼做耶！」瑠夏表示欽佩。「只是，隆志的媽媽恐怕以後再也不會來這裡停車了。」

「又少了一位客人。」

【爸爸也不希望客人變少，但這也是沒辦法的事。】

「爸爸，您有沒有從那位阿姨的舉止態度發現什麼？」

【發現？】

「譬如她從事什麼工作、性格如何等等。剛剛瑠夏不是說過，很少人願意這麼做嗎？」

假如等了很久隆志的媽媽還是沒有回來，我基於工作所需，就得打電話到衝刺小鋼珠店了。

「因為隆志是跑回車子停放的停車場，所以他媽媽頂多對我不高興，應該不至於大發雷霆。畢竟我只是善盡身為停車場管理員的職責而已。」

【理當如此。】

「可是，這件事和那位阿姨沒有關連。一個毫不相關的陌生人劈頭指責隆志的媽媽沒有盡到母親的本分讓小孩亂跑，說不定一番好意不僅沒被接受，弄不好還會遭到對方動粗甚至挾怨糾纏，最嚴重的狀況甚至會鬧出凶殺案。」

這類社會案件可說是屢見不鮮。每次在網路上看到這種新聞時，不由得覺得這個時代真是太可怕了。

「那位阿姨明知如此，卻……」

我非常欽佩阿姨的作為。爸爸先是應了一聲以示同意，於沉默片刻之後再度開口：

【確實是一位勇敢的女士。拋開性別不談，堪稱堅毅無畏之人。說個題外話，她的聲音在女性之中屬於相當低沉有力的嗓音。】

「對對對！」瑠夏有點興奮地接口說，「很像『大姊頭』的聲音！」

「也有點菸酒嗓的感覺。」

我不確定飲酒過量是不是會導致聲音沙啞，只是聽起來有那種感覺。要是被這樣的聲音厲聲喝叱，大概會嚇破膽吧。

【她的車是粉紅色的輕型汽車吧？】

「對，應該是日產的。」

【以前對這位顧客沒有特別的印象，但是剛才和你談話的時候，我嗅出了一絲不尋常。】

「不尋常？」

車用收音機急速閃動。

【當她看到坐在雪鐵龍裡面的隆志時，問了一句『是你弟弟嗎』，對吧？】

「對。」

阿姨那時還稱讚他「好可愛喔」。

【就是這句話讓我覺得不太尋常。】

「為什麼？」

車用收音機又亮了幾下。今天發亮的次數真頻繁。

【就是因為她一見到隆志和你在一起，立刻問了『是你弟弟嗎？』】

我不覺得這有什麼不對勁的。

「為什麼爸爸覺得她這麼問很奇怪？」

【這句話本身並沒有奇怪之處，問題是隆志看起來是幼稚園的小朋友吧？】

「是的，大約四歲吧。」

瑠夏點著頭回答。

【假定是四歲，也就是和小昴相差十五歲左右。當然兄弟之間這樣的年齡差距並不罕見，不過如果是我看到了你們兩個在一起，應該會問『今天怎麼多了一個小朋友呀？』】

「對喔！」

我和瑠夏不禁互看一眼。

「聽伯伯這麼一說，有道理耶！」

「沒錯。」

阿姨問我的時候，我並沒有多想。

「年紀相差那麼多，一般人應該以為是親戚家的孩子還是附近的小孩。」

【這就是我的意思。小昴的外表就是他那個年紀的男生，顧客通常會以為他是來停車場打工的高中生或大學生，而且大部分人應該都是這麼認為的。如此一來，一個高中或大學的工讀生，應該不會把自己的弟弟帶去打工吧。另外，誤認成父子的機率又更小了。所以，她一開口就問『是你弟弟嗎』，這讓我有些在意。】

「不曉得為什麼那位阿姨會問『是你弟弟嗎』？」

瑠夏感到困惑。爸爸先嗯了一聲，頓了頓才接下去說：

【從她的神情和說話的態度，以及未曾受人之託卻親自到小鋼珠店帶回隆志媽媽的舉止來判斷，幾乎可以斷定她很喜歡小孩，甚或自己也有孩子。】

嗯，爸爸的分析應該沒錯。她看著隆志時的表情，就和有孩子的母親一樣溫柔。

【儘管無從求證，當然不能排除有種可能是，她本身的家庭或者親屬的孩子恰巧就是相差十幾歲。】

「的確有可能。」

【另一種可能則是，她知道一些關於小昴的事。】

「您是指她知道我是這裡的老闆？」

【對。假如這位女士時常在這一帶工作，應該很容易聽聞維特泊車亭的老闆是個年輕的男生。】

「又或者商店街上就有她熟識的朋友？」

【雖然不是沒有可能，但如果是商店街的某人是她的朋友，也許會更進一步告知你的境遇，也就是父母都不在身邊，只剩你一個人經營停車場了；若是如此，她那句『是

你的弟弟嗎』也就不合邏輯了。】

爸爸的推論有條有理。

「這麼說，即使她聽過我的事，頂多只曉得我是個很年輕的老闆，此外一概不知嘍？」

【只有這種可能性了。】

我很佩服爸爸總能察覺到非常細微的線索。他在世時我的年紀自然比現在更小，當時並不覺得這有什麼稀罕的。身為國文教師的爸爸在語言方面的敏銳度非常高。

「不曉得阿姨是做什麼工作的。」

【她來停車時總是穿著套裝吧？】

「對，阿姨很適合穿套裝，帥氣十足，而且身材精鍊，感覺年輕時練過一陣子運動。」

爸爸聽完瑠夏的描述，說道：

【這樣啊。】

「以那樣的衣著定期到這裡停車的人，應該是為了來這附近的公司吧。」

「我一直以為是拉保險的阿姨。」

「不是哦！」

瑠夏搖著頭否定了我的想法。

「妳怎麼確定的？」

「因為她提著一個小包包嘛。保險業務員通常都提著大大的公事包，對吧？近來甚至還會隨身攜帶平板電腦。到我家當鋪拜訪的業務員都是用那個三兩下就弄出一份保險合約了。」

「對哦。」

瑠夏說得對。我曾聽稅務會計師的木村先生說過，最近連簽署文件也全部改用電子簽名。

沒錯，那位阿姨挽著一只尺寸很小的手提包。

【可以確定的是，她是一名職業婦女，說不定是某棟大樓的房東，或者某家商店的老闆。】

「對耶，挺像的！」

瑠夏點著頭附和。從她身上散發出來的那股氣勢，確實有那種味道。

我真想直接請教她本人。

「阿姨回來取車的時候，問她這些問題會不會沒禮貌？」

【這個嘛……】爸爸笑了笑。【如果對方主動和你聊天並且相談甚歡，那麼找個適當的時機請教應該不至於有失禮儀。】

雖然沒有特別留意，不過那位阿姨通常過了一兩個鐘頭就會回來了。我和往常一樣坐在駕駛座等候顧客光臨，心裡有些掛念著她什麼時候回來。

瑠夏說她也想再見一面，於是坐在後面的沙發上看書。

「妳不必回當鋪工作嗎？」

「沒關係，我現在最重要的工作就是累積人生經驗。」

「是喔。」

那是瑠夏家的早枝奶奶常對她耳提面命的話。經營當鋪不僅需要具備世界上各種各樣關於「物」的知識，同時必須了解社會是如何運作的，並且用心觀察普羅大眾。

所以瑠夏一整天除了待在田沼當鋪的庫房裡整理流當品以汲取有價物品的相關知識，也要到外面觀察不同職業的人群。

「那位阿姨怎麼還不回來呢？」

「嗯。」

心裡愈在意就覺得時間過得愈慢。

「已經中午了，也許她去吃飯了吧。」

「也對。今天的午飯打算怎麼解決？我沒做便當，要不要我回家打包一些飯菜過來？」

我想了一下。今天生意還算清閒，大可請弦爺幫忙輪值一下，出門吃個飯再回來，但我又想在這裡等阿姨回來。

「去丸一盒餐買便當吧。」

「嗯。那我去買。想吃什麼？」

「我看看……」我翻出印有便當品項的廣告單。「今天吃里肌豬排盒餐好了。」

「ＯＫ！」

瑠夏輕快地跳下車，跑向馬路對面的丸一盒餐店。連在等紅綠燈的短短時間，瑠夏也等不及地在原地踏著小碎步。

車用收音機閃著光亮。

【小昴。】

「怎麼了？」

【丸一盒餐，是一家什麼樣的店？】

「喔……」

後視鏡目前的角度照不到馬路對面。

「爸爸想看嗎？」

【麻煩你。】

我用力扭動在駕駛座這側車身的後視鏡，讓鏡面轉向馬路對面的丸一盒餐。

「看到沒？」

【喔，看到了、看到了！招牌是粉紅色的。】

「對吧？店員的制服也是粉紅色的。喔，瑠夏剛剛走進店裡了。」

【嗯，我看見了。謝謝。】

我剛把後視鏡調整回原本的角度，瑠夏就傳了LINE給我。

﹝她在這裡！﹞

﹝誰？﹞

﹝開粉紅色輕型汽車的阿姨！她帶著便當走出去了！﹞

我心想怎麼那麼巧，抬頭望向丸一盒餐的店門口，那位阿姨恰好走出來了，手裡還拎著裝了便當的白色塑膠袋。

﹝她好像沒看到我！我已經點餐了，沒辦法跟出去！﹞

﹝收到！﹞

我緊盯著阿姨看她會不會回到這邊，果然她過了馬路朝這邊走來。

「爸爸，那個阿姨來了！」

【好。】

阿姨看著我，淺淺一笑。

仔細端詳之下，發覺她儘管有些歲月的痕跡，然而美麗依舊。不是那種豔光四射的漂亮，而是五官端正的秀麗。

她直接走到雪鐵龍旁邊，把停車票卡遞給我。

「您好。非常感謝您剛才幫忙解圍！」

「沒什麼，是我自己喜歡多管閒事，不必道謝。」

我將車鑰匙交還給她。停車時間將近兩個鐘頭。

「您手裡的是丸一盒餐的便當吧？」

「喔，對呀。」

「那裡是花開小路商店會的準加盟店，只要出示購買收據，就可以免費停車喔！」

「咦，不是要消費滿一千三百圓才能折抵一小時停車費嗎？」

她接著補充，一個便當才五百三十圓而已。

「這是為了答謝您的出手相助。若不是您勸回隆志的媽媽，我真不知道怎麼辦才好。」

阿姨聽完，神情變得嚴肅起來，緩緩地搖了頭。

「不可以。做生意要公私分明，何況停車場的利潤微薄。不必把這種小事放在心上。」

說完，她掏出了三百圓交給我。我明白推辭也沒用，只好收了下來。

「非常感謝。請問您是固定每隔一段時間就會來這邊工作嗎？」

她露齒而笑。

「這個嘛，沒有一定的時間間隔，算是常常來吧。那麼，工作加油嘍！」

阿姨旋即邁開腳步，走向自己那輛粉紅色輕型汽車。

嗯，聽起來她沒有意願多談私事。

阿姨發動引擎，慢慢開出了停車場。恰巧與趕回來的瑠夏錯身而過。

「差了一步！」

「真可惜。」

「怎麼樣？有沒有問出什麼？」

「什麼都沒問到。還是不曉得姓名和職業。」

「是哦……她想保有隱私？」

「呃……好像沒到那種地步，比較像把我當成小孩子。」

「我懂了！」瑠夏連連點頭。「她覺得你還不是大人。」

車用收音機閃了閃。

【我不這麼認為。】

「是哦？」

【與其說她覺得你還不是大人，我認為她的意思是不需要對自己這樣的阿姨費心探究，年輕人該把全副心思花在工作上。】

瑠夏這才露出了釋懷的表情。

「既然伯伯在場聽到的感覺是這樣，應該不會有錯了。」

【不必心急，這位客人往後應該還會繼續光顧，說不定某一天會談起自己的事。】

「也對。」

只要心想真慶幸又增加一位正直善良的常客就好了。

☆

我和瑠夏正在吃便當，忽然傳來十分獨特的引擎聲，我馬上知道是誰來了。那是權藤先生的車，一輛很老的豐田 Land Cruiser，外型像吉普車。

隨著一陣低沉的轟隆聲，車子駛進停車場，停到最裡面的空位。

權藤先生的習慣是，在停妥車以後總要在車裡待上好一段時間。我不知道他是在裡面抽菸還是思考工作上的問題，通常過了四、五分鐘以後才會下車。

我曾因好奇想問問他停好車後在車上做些什麼，隨即想到他的職業有太多不便讓外界知道的機密，也就不敢多問了。

車門由內朝外推開，權藤先生下了車。

他望向我，輕快地揚起手打招呼。

他還是老樣子，皺巴巴的灰色西裝，褐色皮鞋，老舊的褐色皮革公事包。在電視劇裡的刑警大多都是空著手的，但聽權藤先生說，幾乎每一位刑警都會帶著自己的公事包出門辦案。

權藤先生是一名刑警。

我忽然想到，一直以來只知道他的姓氏，不曉得名字。也有可能聽過但是忘了。他和赤坂食堂的小淳刑警都在同一個警察局。

他們兩人交情深厚，但是分屬不同單位。小淳刑警是偵辦凶殺案的刑警，而權藤先生則主要負責竊盜案，也就是專門抓小偷的刑警。他從很久以前就常到田沼當鋪調查有沒有小偷去典當贓物，所以和我以及瑠夏都很熟。

「您好！」

瑠夏和我齊聲喊道。權藤先生笑著微微點頭，把車鑰匙交給我。

「兩位好久不見嘍！看起來還是一樣甜甜蜜蜜的，真讓人開心哩！」

「為什麼會覺得開心呢？」

「我們這種上了年紀的老傢伙一看到年輕人就覺得明天充滿了希望！……喔，不急，你們繼續吃飯吧。……話說老闆啊，生意好嗎？」

「停車場總不可能忽然賺大錢。」
「說得也是。」權藤先生笑了。「瑠夏，奶奶好嗎？」
「很好呀。您要去坐坐嗎？」
「等一下過去。」
「您要到赤坂食堂用餐嗎？」
「對。不到一個鐘頭就會回來。小昴，有件事想問問。」
「您請說。」
權藤先生的表情變得比較嚴肅。
「我可以進去裡面嗎？」
「當然，請進！」
瑠夏連聲說著請進，往旁邊挪了挪，空出了位置。權藤先生鑽進雪鐵龍的後方空間，坐下後滿意地點了頭。
「我真喜歡這裡面，舒服極了。」
「是嗎？」
「在這樣的小空間裡，要什麼伸手就拿得到，真方便。」

「對，我懂您的感覺！」瑠夏笑著說，「我的房間太大，想拿個東西還得走來走去的。」

「妳的房間，確實大了點。」

權藤先生抬眼望向田沼當鋪庫房上方的瑠夏房間窗戶。那裡的確相當寬敞。畢竟是庫房，占地自然不小，一整層全是瑠夏的房間。

「好了，言歸正傳。」

每次看到權藤先生的那只舊得不能再舊的皮革公事包時，我總懷疑它是不是已經有上百年的歷史了。權藤先生從公事包裡拿出一個黑色的檔案夾。

「你們看一下這個男人的照片。」

他揭開檔案夾，透明內袋裝著一些文件，上面有一張男人的照片。

他是……？

「是罪犯嗎？」

「那當然！我總不可能專程拿搞笑藝人的照片給你們瞧吧？」

權藤先生說得是。眉頭深鎖的瑠夏仔細端詳那張照片。

「看起來就像壞人。」

「罪犯的檔案照片大都是這種兇神惡煞的面孔吧。這傢伙姓加島，除了殺人以外，什麼壞事都做過嘍。」

「真是個大惡棍！」

「話說回來，其實算不上犯過什麼大案子，而且已經被逮過好幾回了，腦筋不怎麼機靈，老是在監獄進進出出的。這傢伙有沒有在這裡停過車？或是去過當鋪？」

原來是要找我們打聽這件事。

「不好意思，借看一下。」

我從權藤先生手中接過檔案夾，細細打量那張臉孔。接著裝作湊向擋風玻璃借光，將檔案夾移到車內後視鏡能夠照到的角度，以便讓爸爸看到。

我沒見過這個人。如果沒記錯的話。

「沒什麼印象耶。至少沒有來過很多趟。」

我順手拿給瑠夏。瑠夏擁有過目不忘的本領，凡是去過當鋪的人，她看過一眼就記得。很久以前曾在權藤先生的搜查過程立下汗馬功勞。

瑠夏噘著嘴，看了很久。

「應該沒來過當鋪。」

她邊說邊把檔案夾還給權藤先生。

「這樣啊。」

權藤先生明白似地點了頭，伸手接過檔案夾，接著從透明內袋抽出一張紙，是影印紙，上面清晰地印著剛才看過的那張照片。

「這傢伙因為竊盜和其他犯行去『別墅』住了三年左右。」

「您是指蹲大牢嗎？」

權藤先生笑了。

「現在獄政改善，在裡頭不必一直蹲著了。總之，他吃了整整三年牢飯，在一個月前出獄了。問題是，我們接到許多線報，這傢伙出去以後非但沒有洗心革面，居然還到處撂狠話。」

撂狠話。

「他為什麼要撂狠話呢？」

「聽說他在找那個跟過他的女人。」

在找跟過他的女人。這個理由真是個老哏。

「警方目前還不清楚他找人的原因吧？」

「就是這麼回事。要是查出與犯罪有關，就可以大大方方地跟監，堵到人後直接逼問他想做啥；麻煩的是這個時代可不能這樣胡來，若是長期跟監一個沒有任何犯行的傢伙，就會被控訴侵害人權什麼的。」

我和瑠夏同意地點點頭。

「據說加島拿車子當代步工具，也到過這一帶。」

我點頭表示明白了。

「您要我們一看到他出現，立刻打電話通知您吧。」

權藤先生讚許地用力點頭。

「目前還沒進入偵查階段，直接打到我的手機。這事就麻煩你們啦。瑠夏也回去說一聲，我等一下會拜訪田沼當鋪。」

「好的。」

權藤先生啪的一聲，闔上檔案夾，收進公事包裡。

「對了。」瑠夏發問，「那個跟過他的女人，有她的照片嗎？」

權藤先生歪著頭想了想。

「有是有，已經是十幾二十年前的老照片了，想看嗎？」

「看了以後才有印象。萬一在附近看到她，說不定那個姓加島的壞人也會跟著現身。」

「很好！」權藤先生稱許地點了頭。「不愧是田沼當鋪的繼承人！」

他再次從公事包裡拿出檔案夾，左翻右翻了好一陣子。

「喔，找到了、找到了！」

他從透明內袋裡拿出照片遞給瑠夏。我從駕駛座挪到後面，從瑠夏的背後探頭一起看。

是一張團體照。上面全是女生。

「那個小姐是平凡人，不是犯罪者，不便透露她的身分。就是這個人。」權藤先生指著團體照的其中一位。「這位長頭髮、有點漂亮的小姐，就是曾經和加島在一起的女人。」

我和瑠夏凝視著照片。大約有三十人合影，不曉得是什麼團體照。

「是員工旅遊的照片嗎？」

「沒錯。這是那個小姐當時上班的公司舉辦的員工旅遊。」

難怪把人拍得那麼小。

雖然只有偌小的身影。

「小昴……」

瑠夏輕輕喚了一聲。

「嗯……」

我也不自覺地放輕了聲音。

權藤先生見狀，隨即皺起眉頭。

「你們見過她？」

「我不太肯定是不是她。妳呢？」

瑠夏的頭歪向一邊，不太有把握地回答：

「我也不敢確定。可是，滿像的，對吧？」

「是很像。」

我點點頭。確實十分相像。

「是認識的人？」

我們一起看向權藤先生。

「剛剛才離開的常客。她經常來這裡停車。」

「真的假的？」

真的。

「可是我們沒有把握是不是她。照片裡的臉拍得太小了，而且是幾十年前的照片吧？」

照片裡的小姐看起來像二十歲的人。

「差不多是十五年前，或者更久以前。」

「那位常來的阿姨，應該是四十幾歲吧？」

我問了瑠夏。她點點頭。

「絕對超過四十歲，或者可能剛過五十歲。」

「整體感覺很像嗎？」

「非常像。」

雖然頭髮的長度完全不同，但是眼神和臉型相當神似。不過，如果有人告訴我們這是完全不同的兩個人，我們也不敢反駁，只能在心裡想著：哇，這兩個人長得好像喔。

「叫什麼名字？」

「不知道。」

「不知道嗎？」

雖說是常客，也只是來停車的客人，不必報上大名也可以消費。

「這麼說，你們也不知道她住在哪裡、在哪裡上班嘍？」

「不知道。」

我和瑠夏一起點了頭。

權藤先生發出無奈的嘆息。

「您不知道照片上的小姐現在在什麼地方嗎？」

權藤先生以點頭答覆了瑠夏的詢問。

「她畢竟不是嫌疑犯，甚至可以說，只不過是很久以前曾經和加島有過往來而從此受到牽連的受害者。所以我們對她目前的行蹤毫無所悉。就連這張照片也是從當時的調查資料裡好不容易才挖出來的。」

原來如此。這麼說，還真是束手無策。

「那就沒辦法了。等那位常客下次來的時候，拜託幫忙旁敲側擊，問出她的名字。這樣就可以知道是不是她了。」

「好的。」

我原本想反問為什麼要知道她的名字，但馬上想到，因為事關個資，權藤先生無法透露，只能藉助我們問到的姓名與手中的資料做核對了。

權藤先生闔上檔案夾。

「你們最近去過赤坂食堂吃飯嗎？」

「常去吃啊。小望哥的手藝不錯吧？」

「好得很！」權藤先生點頭，笑咧了嘴。「說了肯定挨罵，可比以前的赤坂食堂好吃多嘍！」

我和瑠夏只敢偷笑。

十　汽車被遺置的理由

時序來到六月，氣象預報報導已經進入梅雨季。現在已是中旬了，可是感覺似乎沒有連著下雨好幾天。

我和往常一樣開始營業，幫一早就來的常客清理車子，接下來沒什麼事，於是坐回雪鐵龍的駕駛座。今天天空陰雲滿布，但是雲層不厚，沒有降雨的跡象。空氣也挺乾燥的。

【根據天氣預報，應該不必擔心下雨。】

爸爸說道。車用收音機閃著亮光。

下雨時自然會影響商店街的來客數。所幸花開小路商店街有拱廊，對來客數的影響不至於太大，甚至在下著小雨的時候，利用拱廊通行的人數反而變多了。

【不過就算通行人數變多，並不會讓停車場的生意變好。】

「就是說嘛。」

生意不會因此大好，但也不會因而大壞。雖然不能過上奢侈的生活，就某種程度而言，即使天天坐在車裡發愣，也還足以餬口。像我家這種私人經營的小型停車場，通常都是這樣的。

【這個小鎮的年降雨量本來就比周邊地區來得少。】

「是哦？」

【可能是群山環繞的緣故。旁邊的城鎮都在下雨，唯獨這裡晴朗無雲，這種情況很常見。】

聽爸爸這麼一說，我才發覺的確如此。從小在這裡長大，不知道的事情卻還有很多。

原先以為自己比一般人更愛閱讀，想必擁有更為豐富的知識，但自從畢業了正式成為社會新鮮人以後，反而時常察覺自己在知識方面的貧乏。而且幾乎是每一天都有這樣的感受。

【其實成年人也一樣啊。活得愈久愈對自己的無知感到慚愧。】

「例如？」

【舉例來說，如果不每天上街買菜就不曉得蔬菜的價格。尤其是把家務一概交給妻子打理的上班族丈夫，對於菜價完全沒有概念，是吧？】

「是呀。」

【然而那些丈夫對公司事務卻是知之甚詳。人們應當找到適合自己生存的場域，並在那裡發揮所長。爸爸也一樣，以前是教師，只在知識面上認識社會的結構與運作，但是沒有親身的體悟。】

爸爸的話很有道理。

找到適合自己生存的場域。

爸爸常把這句話掛在嘴邊。我一聽到，馬上聯想到維特泊車就是最適合我生存的場域。我當時其實大可選擇繼續升學，就讀專業學校、大學，或者挑選另一個職業。

我猜，爸爸一直很後悔沒有對我的未來生涯做更進一步的介入。不僅現在會提起這個話題，其實在我上高中時就常談到這件事，所以不算是毫不關心，只是爸爸很遺憾沒能在生前為我多做一點。

我完全能夠體會爸爸的心意。

爸爸有時很感慨，不曉得還能像這樣交談到什麼時候。

這個疑問，誰都給不出答案。父子能透過這種方式談話，簡直只有漫畫裡才會出現的情節。

【有車子來了。】

爸爸說道。是一輛賓士，看起來是老車了。車子開得非常慢，以格外緩慢的速度轉彎，然後慢慢在雪鐵龍前面停了下來。我幾乎以為駕駛是一位老人家了。

走下車的是一位身穿紅T恤、上披白襯衫、下搭白長褲，臉戴銀絲眼鏡的客人。乍看弱不禁風，實則渾身散發著強悍的架勢，似乎是個危險人物。如果哪天我和瑠夏走在路上，遠遠地有這樣的人迎面而來，我一定會使勁把瑠夏拽進旁邊的巷子裡。

「停在這裡可以嗎？」

咦，措辭和聲音倒是挺紳士的。俗話說得對，不該以貌取人。

「您好，停在這裡就好。為您保管車鑰匙。這是停車票卡。」

我才剛送上停車票卡，他已經腳步急促地趕往商店街了。

我根本來不及向他說明停車費用的計算方式。

【好像是一輛老車。】

「應該是老車了。是賓士耶！」

【賓士？】

車用收音機閃了三下。面板像這樣發光的時候，就是爸爸伸出「靈魂觸手」觀察車子的時刻。

「我去把車停好。」

車子沒有熄火，我立刻坐進駕駛座。

「哇！」

一關上車門就感受到高價車的關門聲。

這種聲音是騙不了人的，高價車的關門聲就是不一樣。就算是老車，賓士不愧是賓士。

放下煞車前進，馬上感受到開老車的樂趣。該怎麼形容呢，就是可以明顯感受到方向盤和輪胎的直接連動。

我把賓士停進空位，回到雪鐵龍上。

「這輛賓士，有什麼異樣嗎？」

我問了爸爸。車用收音機亮了起來。

【只能感受到是老車，除此以外沒什麼特別的，頂多是比較不愛惜車子。】

「不愛惜車子？」

【也就是有很多人開過那輛車，而且開車方式相當傷車。所以，或許不是私家車。】

「也許是公司車？」

【有可能。開這輛車來的人有沒有不尋常的地方？】

「呃……」

該怎麼形容呢。

爸爸大概只看到那位顧客的背影。我們很久以前曾經討論過，要不要在車裡裝一個可以照到顧客正面的鏡子，又覺得這樣做不尊重顧客。

「是有一點不太尋常，大致上和一般顧客沒兩樣。」

【有點像是危險人物嗎？】

「的確有一點。」

爸爸和弦爺都說過，雖說人不可貌相，其實看人的時候還真需要貌相。弦爺還說，車子會愈來愈像車主。

大部分人當然是喜歡那輛車才開它的，車裡的擺設多半也會反映出車主的喜好。相反地，也有些人的車子裡面沒有任何特色，換句話說就是維持出廠的狀態，那樣的車主不把車子視為興趣，而僅僅是用作交通工具。

那輛賓士裡面沒有特別奇怪的擺設，但是沾滲著極度刺鼻的菸味和別的臭味。

☆

經營停車場最苦惱的事就是客人把車子停在這裡以後就沒來領了。其實這個問題不單是停車場老闆覺得棘手，如果是自家土地或是住家附近停了一輛陌生車子並且很久都沒人開走，應該同樣覺得困擾極了。

「傷腦筋耶。」

「嗯。」

瑠夏說煮了咖哩飯，幫我帶了晚餐過來，於是我們一起在雪鐵龍裡面吃了咖哩飯。吃完以後瑠夏回家洗澡以後又忙了一陣子，再次來到這裡已是九點半了。

再過不久維特泊車就要打烊了。

停車場裡還有一輛車沒人來領。

就是那輛賓士。

「第一次遇到這種情形耶。」

「的確沒遇過。別急，還有一些時間。」

剩下三十分鐘。就算營業時間結束了我還待在這裡，不管車主幾點回來隨時都能讓他取車離場，只不過把車子留在這裡的那位先生應該不曉得我住在這裡吧。

過去從未發生過客人把車子扔在這裡的情形。即使等到望穿秋水，頂多停了四個小時或五個小時。若要留車過夜的顧客自然在停車時就會交代了。

假如當天從開始營業停到結束營業，也就是從早上七點到晚上十點，總共十五個小時。每小時收費兩百圓，合計三千圓。如果在進場以後就表明要停一整天，將會提供優惠價二千五百圓；但若一開始沒有表示要停那麼久，則將按照原價計費收取三千圓整。

那輛賓士的車主再不來，就得支付三千圓了。

車用收音機發出一陣閃光。

【十點過後讓燈繼續亮著吧。不能排除車主晚一點趕來的可能性。】

「好吧。」

停車場打烊後也就結束了一天的營業，接下來就是我的自由時間。有時候我會去弦爺家一起看看電視或電影，偶爾會和上了大學的高中同學出去玩，或是到瑠夏的房間打電玩。就是一個平凡的十九歲男生消磨時間的方式。

不過，今天還是老老實實留在雪鐵龍裡比較保險。

「如果車主一直不來取車那要怎麼辦？沒收車子？」

瑠夏問我。

「不可以沒收車子啦！別說沒收了，我什麼事都不能做。」

「什麼都不能做？」

是的，只能枯等。

「我做的生意是以時間計費出租場地，那輛車的所有權屬於車主。別人放在那裡的東西我們不可以擅自移動，對吧？同理，寄放在這裡的車子也不能移到別的地方。」

不過既然代為保管車鑰匙，倒是可以把車子改停在其他位置，只要仍在停車場範圍以內就沒問題了。

「不能打電話給警察請他們來拖吊嗎？」

「車主並未違規停車，沒辦法請警方拖吊。」

警方無法介入民事糾紛。

【按時收費的停車場儘管沒有與顧客簽立合約書，仍然是與個人簽約，萬一發生糾紛，只能由出借人與借用人雙方商談解決方法，就和租屋一樣。」

「原來如此。咦，不能告他嗎？」

「連車主是誰都不曉得，沒辦法告人吧？」

瑠夏想通了似地雙手一拍。

「對喔！我們根本不知道駕駛人的身分！」

「就是這麼回事。」

目前只能等下去了。

「客人到停車場停車的時候，不會和管理員約好什麼時候來取車吧？」

「不會啊。」

一般而言，習慣上是由車主和管理員雙方透過常理判斷達成的共識，停個幾小時以後就來取車了。

如果要停比較久，舉凡能夠明辨是非、懂得將心比心的成年人，通常會提前告知「大約幾小時後回來取車，可以嗎？」而這就是彼此的默契。

「所以身為車位出借人的我，只能相信借用車位人一定會回來，並在這個前提下靜心等待車主來取車。」

等到車主回來以後，請對方支付停車時間的相對費用。

這就是按時計費停車場的權利與職責。

茅塞頓開的瑠夏雙手抱胸，緊抿嘴脣點著頭。

「以前從沒想過，聽完以後才曉得。萬一車子停了一個星期甚至一個月，你也無法提出抗議吧？」

就是這麼回事。

「可是，在等對方來取車的期間，有沒有什麼是我們可以做的呢？」

幾乎沒有。能做的事只有一件。

「留下紀錄。」

「留下紀錄？」

任何一種買賣的基礎都是從信任對方開始，無奈的是，世上並非全是好人。

「為求慎重起見，等到營業時間結束的十點過後，我就會開始記錄。因為車主有可能牽涉到犯罪，而車子也可能被用做犯罪工具。」

所以，我會拍照存證。包括停車票卡的副本和開立時間、在這處停車場的平面圖上標注這輛車一開始停放的位置等等，這些資料都要存檔。

「這是為了以防萬一吧？」

「沒錯。」

【要是到最後實在無計可施了，只好聯絡警方經由正式管道查詢車籍資料。】

「那個單位叫做監理所！」

對對對，就是那個單位。

「我會請警方查詢車籍資料，如果發現有犯罪嫌疑，警方就會著手偵辦，後續就沒我的事了；若是與犯罪無關，只好透過監理所查出車主的資料，由我聯絡對方來取車了。」

【麻煩的是，有時候查不到車主的身分。】

的確聽說過這種情形。

「查不到嗎？連監理所都查不到？」

【是的。我們從未使用這種查詢方式，實際狀況不太清楚，但是聽聞有不少車子在轉讓之後沒有落實登記，以致於查不到新車主的資料。】

「這只是聽人轉述的。」

即使查到車主通知取車，有的車主會說那不是他的車，還有些車主未必願意回應。

「有同業多次致電和去信，車主始終置之不理。要是演變到那個地步，也只能兩手一攤了。」

「好麻煩喔……」

「麻煩得要命。」

瑠夏和我望向擋風玻璃遠處的那輛賓士。

「唯有祈禱車主趕快回來取車，千萬不要扔在這裡。」

事與願違，老天爺沒有聽到我們的祈禱。

一天過去了。

兩天過去了。

到了第三天，停放賓士的先生始終沒有回來。

星期日的早晨。

弦爺昂首站在那輛賓士前面點著頭，面色凝重。在他身旁的中村先生同樣頻頻點頭，眉頭深鎖。

「光看外觀就知道根本沒保養。」

弦爺說道。中村先生蹲下來檢視輪胎。

「胎紋都快磨光了，太危險啦！」

「看得我實在手癢！」

弦爺說道。曾經當過維修技師的他，常說自己一看到沒有妥善保養的車子，簡直忍不住想衝上去打開引擎蓋檢查一番。

中村先生繼續窺看車內狀況。

「還好沒有胡亂改車。這可是好車呢！只要好好保養，再開個十年都不成問題。」

從那天以後，中村先生就住進弦爺家了。

並不是弦爺沒能幫忙找到維修技師的工作，而是韮山花坊的小柾哥前陣子參加晨間棒球隊的練習時受傷，阿基里斯腱斷裂了。

這樣一來，送貨的人手就不夠了。於是在稻垣先生的請託之下，中村先生一手接下了花卉運送的任務。當然，這並不是一份長期的工作，只能做到小柾哥能夠正常步行的時候。

儘管我覺得中村先生不必放在心上，但他仍然堅持必須償還我和稻垣先生的恩情，保證在小柾哥完全康復之前自己會一直待在這裡。不僅如此，他也常幫忙輪值停車場，並且善加運用地利之便，以論件計酬方式保修商店街店鋪的貨車。

「小昴，你打算怎麼處理？」

弦爺問道。

「我想再等一下。」

今天是第三天。

「今天再等一天，假如還是沒來，再請警方查詢車籍資料。」

「這樣啊。」弦爺點頭。「通知派出所嗎？」

「是的。」

雖然可以拜託身為刑警的權藤先生或小淳刑警幫忙，但這個情況並不屬於他們兩位的業務範疇，不便給他們添麻煩。我打算請花開小路派出所的三太警官和角倉警官協助。其實正式名稱是「花開小路分駐所」，不過大家還是習慣叫派出所。

中村先生彎著腰不停地觸摸車門與其他地方，接著蹲下去檢查底盤，時而沿著車身輕敲。他在徹底檢查有沒有需要維修的部分。

忽然間，中村先生神情嚴肅地站起身來，看著我和弦爺。

「怎麼啦？」

弦爺問道。中村先生緊抿著嘴，指了指右側的後車門。

「可以麻煩您敲一敲這裡嗎？」

弦爺立即蹲下，輕輕敲著車門。他不斷移動敲叩的位置，仔細聽發出來的聲響。

「有什麼不對勁嗎？」

這回連弦爺也沉下臉來，繞去另一側車門，重複輕敲與聆聽的動作。

「好像是在那扇車門裡。」

「什麼東西？」

中村先生露出非常不屑的表情，皺起眉頭回答我的問題：

「偶爾……會遇到這種事。」

「遇到這種事？」

難道是……。

「該不會是車門裡塞著某種不該出現的東西吧？」

小說和漫畫裡常有這類情節。

「猜得真準！」

中村先生表示佩服。

「真的被我猜中了嗎？」

「不確定。要從車門內側拆除內飾板才能看到，只是依照我的經驗，這扇車門裡面應該塞著某些東西。」

弦爺點了頭。

「我的看法相同。兩邊聲音敲起來明顯不一樣。」

不會吧……。

「我們可以直接拆掉內飾板嗎？」

「當然不行呀！那是違法的。」

「沒錯。」

中村先生點頭附和。

「那麼，如果是進去車裡檢查一下呢？」

在停車場範圍裡進入車內移動車輛，屬於我這個車位出借人可以酌情行使的權利。

「要不要進去車裡看看？」

「進去瞧瞧吧！」

弦爺也點頭同意了。我趕快跑回雪鐵龍拿來賓士的鑰匙，打開車門。中村先生立即開啟右側後車門，敲了敲內飾板，面露疑色地問我：

「小昴，有木槌嗎？」

「有！」

「順便帶條乾抹布來！」

常用的修繕工具都放在雪鐵龍裡。我再次跑到雪鐵龍，帶回了木槌和抹布。

中村先生從我手裡接過這兩件東西，把抹布墊在內飾板外，握著木槌在上面咚的敲了一下。接著移到另一處敲擊，並且反覆進行這個動作。將這扇車門全都敲過一遍以後，又換到另一扇車門繼續敲擊。

「錯不了了！」

中村先生看著弦爺。弦爺點頭確認，我也聽出來了。

敲擊聲明顯不同。

「應該在這扇車門裡了。」

我們三人面面相覷。

「那不就糟了嗎？」

我告訴了瑠夏這件事。她一聽，手中的筷子都還來不及放下就從座椅跳起來大叫。

「別急，還不是百分百確定。」

現在是午餐時間。瑠夏為我準備的盒飯菜色有昨天晚餐剩下的滷菜、香煎豬肉佐美奶滋、高湯煎蛋捲，以及紅白蘿蔔的涼拌沙拉。

「不能偷偷地把車門內飾板拆掉再裝回去嗎？」

「他們說不行。」

我已經請教過弦爺和中村先生，答案是無法恢復原狀。他們說車子的內裝不是設計成容易拆卸的構造。

「可是，藏在車門裡的東西，不就只有那一種嗎？」

嗯，我也這麼認為。

【別那麼武斷。或許塞在裡面的只是泥塊罷了。】

「泥塊嗎？」

【弦爺說，這種情形也不是沒有。在解體廢棄車輛時，從車門縫隙滲入的泥水或沙土就這樣積在車門裡。】

「有這種事哦？」

嗯，弦爺是這麼說的。

「伯伯也感覺不出來那裡面塞了什麼嗎？」

瑠夏發問。車用收音機閃了閃。

【我沒辦法辨識那麼小的物體。如果是在後車廂裡或座椅上擺著和人體重量相當的物體，我有把握可以分辨出是生物或者只是物品。假設，僅僅是假設，那裡面若有『粉末狀』的物品，應該很輕吧。】

「可是也有可能是金塊哦！」

「咦，對耶！」

我可以感覺到爸爸笑了。

【即使是金塊，重量也有輕重之別。如果在那扇車門裡塞進二十公斤甚至三十公斤的金塊，用不著我的感覺，你們單是用肉眼就可以看出來了。】

「喔，有道理。」

正如爸爸的分析，若是只在單側車門塞入東西，車身會往較重的那邊傾斜。因此可以確定的是，無論裡面塞了什麼東西，絕對不是重物。

「這麼說，只能等車主來嘍？」

「我給權藤先生打過電話了。」

「權藤先生？」

「對。」

如果是非常明顯的異常狀況，大可直接通報派出所。

「由於情況並不明朗，我撥過權藤先生的手機號碼了。」

「撥過號碼……意思是他沒接嘍？」

「沒接，我留言了。我說事情不急，請他有空再回電。」

車用收音機亮了起來。

【好像有車子來了。】

爸爸的話讓我們兩人同時望向車外。有一輛車閃著方向燈，正準備由對向車道轉進這裡。我們兩人太過驚訝，不禁同時喊了一聲「哇」！

一輛粉紅色的輕型汽車。

開車的駕駛，正是那位阿姨。

「這也太巧了吧？」

瑠夏很小聲地說。她說得對。說不定下一秒權藤先生就會回電了。

「小昂，這次一定要問出阿姨的名字喔！」

「嗯！」

我一定會想辦法問到的。這邊車道的車子一輛接一輛，粉紅色的輕型汽車遲遲無法彎過來。我和瑠夏目不轉睛地等候。這時，車用收音機忽然又發亮了。

【小昂。】

爸爸的聲音壓得非常低。

【有位先生朝這邊走來，該不會是……】

「咦？」

看到了。

我不由自主地全身緊繃。

「瑠夏，妳別害怕，不要亂動喔。」

我可以感覺到握著筷子的瑠夏變得渾身僵硬。

是他！

就是權藤先生給我們看的那張照片上，那個姓加島的更生人。

絕錯不了。

他徑直走向雪鐵龍，同時對停車場打量了一圈。

「那個……不好意思。」

對方先打了招呼，我只好趕緊下了車。粉紅色的輕型汽車好像還得等上一陣子才能彎進來。

「請問有什麼需要為您服務的嗎？」

那個姓加島的男人，伸出手指指向賓士。

「我是來領那輛車的。」

「什麼？」

來領賓士？

我露出商務微笑，不讓臉部出現任何驚訝的奇怪表情。

「我記得是另一位客人來停車的。」

加島先生擠出一絲苦笑。

「那是我朋友啦。車子在這裡擺了很久吧？那傢伙姓新島，有點事沒辦法來，叫我過來幫他領。已經停三天了吧？他說很抱歉。」

加島先生知道停車的細節。

這麼說，他確實認識那位把賓士停在這裡的客人。

「請問有停車票卡嗎？」

我心裡已經猜到答案了，但還是問一問。

「那個哦……」加島先生抬起一隻手朝我攤開手掌。「不好意思，好像弄丟了。不過我會按照停在這裡的時間全額付清費用。這樣就沒問題了吧？」

這時我腦中的無數思緒猶如萬馬奔騰。

若是顧客能夠指出停車的細節，即使未能出示停車票卡，通常還是會讓對方取走車子。我實在懶得僅因遺失停車票卡的小事而與顧客起爭執。當天停車的客人我都記得長相，停車費也頂多是幾百圓，犯不著為了這點小錢鬧出糾紛。

這次停車的人和取車的人雖然不是同一位，但能清楚描述過程，也表示願意付錢。這輛車很可能不是私人所有，而是公司車，由不同人來取車也很合理。

所以，這道問題的正確答案是……。

我應該回答「好的，我明白了」，接著請對方付錢，然後將車鑰匙交給他取車。就算後續發生任何事，我都無須承擔責任。

可是那輛車……。

還有這位加島先生……。

很明顯地十分可疑。

可疑歸可疑，就算我拒絕把車子交給他也於事無補。何況我無法提出正當理由拒絕交車。

總不可能告訴他「刑警先生在打聽你的消息」，說不定還會引發非常嚴重的後果。

瑠夏一定發現這個情況了。

我朝那邊偷瞥一眼，她已將手機貼在耳邊了。我猜她正在打電話給權藤先生。可是剛才權藤先生還沒有回電，現在這通電話同樣沒接聽的機率很高。證據就是瑠夏的手機一直緊緊貼著耳朵，臉上的表情愈來愈黯淡。

他沒接。

事後回想起來，就在加島先生「這樣就沒問題了吧？」說完不到一秒，事情就發生了。

我當下開始驚慌，不知道該怎麼處理眼前的狀況。

然而就在下一瞬間，我看見希望了。

我看到有個特別高的男人，從商店街那邊走向這邊。

是小淳刑警。

他遠遠看見我正站在停車場裡與人交談，也察覺我已經看到他了，於是便笑著揚手打招呼。

他沒穿西裝，而是長袖亨利領針織衫搭配牛仔褲的休閒穿著。

這麼說，今天若不是輪休就是放假。

不知道他為什麼會走向這裡，只能說是天助我也！

但我沒有留意一件事。

正當我的注意力放在小淳刑警身上時，加島先生的目光瞟向我的背後。那邊是停車場的入口，粉紅色的輕型汽車恰好開了進來。

車子停在雪鐵龍前面，那位阿姨沒有熄火就從駕駛座下車了。她大概稍早前就看見我站在車外談話了，望著這邊。

加島先生瞅著阿姨。

我盯著小淳刑警。

下一秒，加島先生發覺我的視線投向自己的身後，猛然回頭一看。

情勢一觸即發。

原本滿面笑容看著我的小淳刑警臉上表情驟變。

加島先生右腳使勁一蹬往前衝，還撞到我的肩頭。

小淳刑警同樣縱身飛奔。

一聲短促而刺耳的尖叫。

是從阿姨嘴裡發出的聲音。

加島先生一把抓住阿姨近乎扔擲地將她推進粉紅色的車裡，自己也順勢跳上那輛車。

車門依舊半敞，阿姨的身體還卡在駕駛座和副駕駛座的中間，輕型汽車已急速倒車並衝入車道。

被撞得踉蹌的我看到瑠夏跳出雪鐵龍跑向車子的側面。

我立刻明白她要做什麼了。

小淳刑警慢了一步，沒能追上粉紅色的輕型汽車。

「小淳刑警！」我一個箭步衝進雪鐵龍的駕駛座同時大喊，「請上車！」

「ＯＫ！拿掉嘍！」

瑠夏邊喊邊鑽進後座。小淳刑警先是沒聽懂我的意思而愣了一下，旋即意會過來撲進副駕駛座。

「沒問題吧？」

小淳刑警略顯猶豫地問我。別擔心，瑠夏剛剛已經把電線、水管和擋輪墩全都移除了。

「出發！」

我看著後視鏡，猛力踩下油門。

我平時絕對不會這樣瘋狂飆車。

雪鐵龍的車齡堪稱經典老車了，不過弦爺在合法範圍裡——又或者其實是違法的，這個我完全沒概念——將這輛車好好調教了一番。

從引擎到懸吊系統都足以與目前的新車並駕齊驅。區區輕型汽車怎麼可能甩得掉我這輛雪鐵龍呢。

「瑠夏！打電話給弦爺和中村先生！停車場交給他們了！」

「好！」

小淳刑警也掏出自己的手機撥了電話。

「我是赤坂！一聯絡上權藤刑警請他立刻打我的手機！」

小淳刑警掛斷電話看著我。

「小昂，你給權學長打過電話，這件事和那個加島的案子有關嗎？」

「可能有關！」

粉紅色的輕型汽車目前是雪鐵龍前面第三輛車。我暗自祈禱加島先生沒發現這輛雪鐵龍就在後面，只怕這個如意算盤是打不成了。那麼大一輛紅色雪鐵龍開在路上，沒有人不會注意到它的。

「小淳刑警，您可以請人去調查停在我家停車場的賓士嗎？應該和那個加島先生的案子脫不了關係。」

「賓士？」

「他就是來領那輛車的。可是，事情並不單純。」

「為什麼覺得不單純？」

「弦爺覺得右後車門裡面塞了某種東西。」

我可以感覺到，小淳刑警的目光依然停留在我臉上，但是已經拿起手機貼在耳邊了。

「那位阿姨……」瑠夏將身子往前探。「不會有事吧？」

「嗯！」

車用收音機快速閃爍。

爸爸，我知道。

我會小心的。

請相信我的駕駛技術。

十一　玩命追緝與「奈特珈琲館」

粉紅色的日產輕型汽車就在雪鐵龍前面第三輛。這個路段雙向都是雙線道，若想不顧一切追上去可說是輕而易舉。

「小淳刑警，該怎麼做？」

小淳刑警兩眉深鎖。我明白他正面臨一項十分棘手的抉擇。

「你認識那位小姐？」

「她是停車場的常客。不過，我不知道她的姓名和其他個資，只是一位每個月來停車一兩次的客人而已。」

「還有、還有！」瑠夏從後座探過來告訴小淳刑警。「她長得很像權藤先生說的那個以前跟過加島先生的女人！不過我們只是看照片覺得很像。這件事已經告訴權藤先生了！」

小淳刑警有些詫異地點頭。

「這麼說，那位小姐可能就是加島以前的女人，所以才被他挾持上車？」

我的看法相同。

毋寧說，這樣才合理。

「剛才那個時機點簡直巧得嚇人：加島先生來領丟在這裡好幾天的賓士、那位阿姨來停車，還有小淳刑警也來了。」

「真的。」

這樣的巧合，只怕一輩子都遇不上一回吧。

「小昴，車用收音機上的指示燈一閃一閃的，沒問題嗎？」

「喔，沒問題，只是有點接觸不良。」

我知道爸爸急著說話，但是小淳刑警在場，沒辦法發出聲音。小淳刑警緊盯著前方的輕型汽車，我也一直關注著那輛車。車裡的阿姨好像沒有反抗的舉動，行車狀態看起來也很正常。

「假如加島是因為看到我才逃跑，應該不會把那位小姐推進車裡，反而要把她推開，自己駕車逃亡更容易行動。他之所以沒有那麼做，一定是因為那位小姐正是自己以前的女人。既然如此，就不會趁著開車的時候對她施暴，加島也不想出車禍死於非命吧。」

「您說得對。」

「那個加島先生認得小淳刑警的長相嗎？」

「認得呀。」

「他之所以逃跑，是因為藏在賓士裡的東西是違禁品吧？」

瑠夏詢問小淳刑警。他側著頭想了一下。

「目前尚未證實，先追到人再說。小昴，不好意思，在支援警力趕到之前，麻煩繼續跟蹤。」

「包在我身上！」

小淳刑警的手機響了。

「喂？是的，不會有錯，我看過對方的容貌了，是加島。他在小昴的停車場恰好遇到了以前的那個女人。是的。」

電話的另一端一定是權藤先生。

「他沒有攻擊我，一看到我的臉就逃跑了。他把那位小姐強行推上車，現在兩人都在車上。是的，於國道向南行駛。我搭小昴開的紅色雪鐵龍在追車。請稍等一下。」小淳刑警轉頭問我，「小昴，可以向弦爺借用那輛賓士的鑰匙嗎？警方現在就要對車子內部進行調查。」

原本擺在雪鐵龍裡那塊代客保管車鑰匙的鑰匙掛板已經摘下來留在停車場了。弦爺那裡有一把備用鑰匙可以打開收納鑰匙掛板的地方。

「可以的。」

「取得停車場老闆的允許了，請立刻查驗。是的，這樣嗎？那就這麼做吧。」

小淳刑警掛斷了電話。

「小昴，不好意思，在警方完成對那輛賓士的檢驗工作之前，可以繼續跟蹤嗎？」

「如果沒有犯罪嫌疑，就不會提供警力支援嗎？」

「不是那樣的，支援的人車已經出發了。麻煩的是，即使鳴警笛要求加島立刻停車，萬一他託稱只是開朋友的車，而那位小姐也附和了這個說法，那可就糟了。屆時警方拿他一點辦法也沒有，只能眼睜睜地看著他順利脫身。」

有道理。

儘管我覺得那位阿姨應該不會協助他脫逃，但也無法保證她絕不會那麼做。成年男女之間的恩怨情仇不是外人所能了解的。

「賓士的車牌號碼已經確認了，是登記在幫派名下的車。」

「幫派！」

瑠夏大吃一驚。

「所以，塞在那扇車門裡的東西說不定是興奮劑之類的藥物。只要一經過化驗確認，就會立刻予以逮捕。」

「萬一裡面沒找出任何與犯罪相關的東西呢？弦爺說過，或許只是泥塊。」

瑠夏焦急地問。小淳刑警點著頭表示不無可能。

「假如真是那樣也沒辦法了。只好奮力追上，逼問他為什麼要逃。也許可以用傷害那位小姐的罪嫌逮捕他。權學長的車就快和我們會合了。」

原來支援的警力是權藤先生。他正開著自己的車往這裡趕來。

「我們總不可能一直追到天涯海角，況且這輛雪鐵龍十分醒目，加島也知道自己被跟蹤了，想必會找個地方停下來藏匿行蹤。」

「好的。」

雪鐵龍的車身很高，所以沒辦法看清楚坐在駕駛座和副駕駛座那兩個人目前的狀態。

「可能正在講話吧。」

瑠夏猜測。

「完全看不到。」

「我覺得那位阿姨一定會想辦法說服他去某個地方停車。」

「我也這麼覺得。」

小淳刑警聽到我們兩個的推論，轉頭看我。

「你們為什麼如此篤定呢？」

我們敘述了阿姨特地找回那個帶孩子去打小鋼珠的媽媽的事情經過。小淳刑警點點頭。

「原來如此，那位小姐的確很可能會說服加島。所謂『以前的女人』這個身分，也僅僅是加島的一面之詞。按照你們描述的過程，她應該是個勇於仗義執言的人。」

「是啊。」

「咦？」

瑠夏發出疑惑的聲音。

「怎麼了？」

「忘了問小淳刑警為什麼會來停車場呢？有事找我們嗎？」

對喔。他今天應該是輪休或放假日。

「差點忘了，等我一下！」小淳刑警用手機撥了電話。「嗯，是我。抱歉，正在處理一樁疑似案件，我和小昴、瑠夏一起坐在雪鐵龍裡。對，這輛車可以開上路。正再追一個嫌犯。」

我猜電話那頭的人是三毛小姐。

「對，回去再告訴妳事情的經過。放心，我絕不會讓他們兩個受到半點傷害！嗯，等下再打給妳。」

他掛斷電話。

「是三毛小姐嗎？」

「是啊。她做了幾道要在奈特推出的新菜色，想請你們過去幫忙試菜，聽聽年輕人的意見。我正要出門買東西，就順便過來邀請你們嘍。」

「喔，要我們試菜呀！」

「是今天晚上嗎？」

「大約傍晚吧。不曉得你們願不願意來奈特一趟呢？」

沒想到事情就這麼巧，小淳刑警恰恰遇上了偶然來停車的阿姨，以及加島先生。

「對了，奈特的新店名取好了嗎？」

奈特咖啡館向來是傍晚開始營業。表面上是咖啡廳，其實主業是影音出租。這家氣氛奇特的店原本是由仁太先生和小望哥一起經營的，現在改由三毛小姐承接店址，新店即將開幕。目前正在逐步重新裝潢。

「她想繼續沿用『奈特』的名稱，但要正名為『Knight』。」

「奈特？」

「奈特？」

瑠夏和我同時發出了狐疑的反問。

「要正名為『奈特』是什麼意思？」

小淳刑警面向前方，露出微微的笑意。

「你們不曉得吧？店名的譯音不是夜晚的『night』，而是騎士的『Knight』。」

騎士的「Knight」。

我不知道原來是這個意思。

「啊！」

粉紅色的輕型汽車突然加速。

「我不會跟丟的！」

「怎麼忽然加速了呢？」

瑠夏不解。說不定加島先生直到現在才赫然發現我們這輛車跟在後面緊追不放。

「小昴還是要注意安全喔，萬一引發連環車禍，後果就不堪設想了。」

「我會小心。」

「快要變黃燈了！」

瑠夏尖叫。就在燈號即將轉為黃燈的剎那，粉紅色的輕型汽車猛然迴轉，發出了高分貝的輪胎擦地聲。

加島先生往回開了。

「可惡！」

我也想跟著緊急轉彎，可是這輛車的車身太高，無法那樣快速打方向盤，運氣不好說不定會整輛車橫倒在地。號誌變紅，我只能停下來。

「瑠夏幫忙看一下！看他開去哪裡了！」

「我知道！」

瑠夏挪到雪鐵龍的車尾，從後擋風玻璃觀察車子的去向。我也盯著後視鏡觀察，可惜很快就被其他車輛遮住去向了。

「小淳刑警，這輛車有天窗！」

「好！」

小淳刑警抬頭一看立刻起身。經過改造的車頂開了天窗，站在座椅上探頭出去應該就看得到了。這個行為恐怕違反交通法規，可是事態緊急，況且小淳刑警是刑事警察嘛。

「他在第二個紅綠燈左轉了！」

小淳刑警低頭朝我喊了聲。我趁著號誌還沒變換前確認左右均無來車後搶快衝了出去。這是為了協助辦案，希望原諒我這個不太守法的舉動。畢竟車上載著一位刑警嘛。

我在路口迴轉之後將油門踩到底。

車用收音機急速閃爍。

【小昴。】

是爸爸。爸爸壓低了嗓子。我嚇了一跳，幸好小淳刑警還在天窗外監視車子的行蹤。

爸爸也知道這一點，所以才那麼小聲喚了我。

（什麼事？）

【方向燈由爸爸操控，你照著開車。】

操控方向燈？

咦，爸爸能操控方向燈哦？

「可惡！」小淳刑警坐回座椅。「看不見了。先在第二個紅綠燈左轉吧。」

「收到！」

在開到距離第二個紅綠燈還很遠的位置，方向燈就開始閃了。不是我撥動的，是爸爸操控的。我往旁邊瞄了一眼，小淳刑警沒有察覺，甚至連瑠夏都沒有發現。

我想了一下，萬一被揭穿就糟糕了，自己得配合演出假裝打方向燈才行。還得編個好藉口。

才在第二個紅綠燈左轉，方向燈馬上又顯示右轉，我趕緊跟著操作撥桿。

「小昴？」

小淳刑警轉頭看我，眼中充滿狐疑。

「是第六感！」

只好用這個藉口了。

「已經看不到那輛車了，只能推測他要開去什麼地方。那位阿姨一定會想辦法採取行動。如果剛才繼續直行就會進入隔壁市鎮，那邊就不是小淳刑警的轄區了，對吧？一般人絕對會往前直走，但他卻選擇迴轉了。我認為他或許是在阿姨的建議之下改變了行車路線。」

我的眼角餘光瞥見小淳刑警略顯訝異地嘴脣微張。

「然後呢？」

「那輛輕型汽車偶爾來停車時輪胎上沾著泥土。由此推測，阿姨家可能位在沒有鋪瀝青的道路上。說不定阿姨會建議加島先生先到她家避避風頭。」

「沒有鋪瀝青的道路，那就是川部那一帶了。」

小淳刑警說。

「對，就在沿著櫻山繞過去的那邊。那附近有許多農田，也有很多泥土路。要往那個方向的話就得在剛才的路口轉彎，而且這一條是近路。」

車用收音機閃個不停。

我只是隨口說說，看來恰好歪打正著。不過，那輛粉紅色輕型汽車的輪胎沾著泥土可是千真萬確的事。

我可以感覺到一旁的小淳刑警頻頻點頭。

「你說得有道理。」小淳刑警拿起手機按了電話。「我們正在前往川部……喔？看到了？」小淳刑警回頭朝後看。「瑠夏，看到權學長的車子了嗎？」

「看到了！」

權藤先生已經追上我們了。

「抱歉我們追丟了。但是依照小昴的推測，他們可能去了加島那個女人的家，在川部附近。是的，車號是1╳╳8。麻煩您。」

沒想到小淳刑警竟然記得那輛輕型汽車的車號，不愧是刑警！

方向燈又亮了，這回是左轉。

爸爸是不是知道那輛輕型汽車的目的地呢？說不定他伸出「靈魂觸手」探知了對方的動向。不過他以前說過，那項功能僅限於在停車場範圍內才能施展。

「收到。」

小淳刑警結束通話。

「賓士還在查驗中，還需要一些時間。假如找出興奮劑之類的藥品，就會馬上發布通緝。麻煩你再堅持一段時間，好嗎？」

「收到！」

我猜爸爸應該知道那輛車要開往何處，否則不可能採取這種方法讓我努力追上。

「往這條路走的話會到櫻山的左邊嗎？」

瑠夏問我。

「對。這也是我的第六感。」

沿著櫻山的右側一直走會通往海邊，若是循左側一直走則會經過名波川。

方向燈顯示右轉，我也配合指示燈撥動撥桿。往這邊去是有很多果園和牧場的山區

接著是左轉。

「啊！」瑠夏叫了一聲。「我剛才看到一眼粉紅色的車子了！那個紅綠燈左轉！爬上山路了！」

賓果！

小淳刑警拿出手機。

「發現行蹤了。就是開在前面的那輛粉紅色的輕型汽車。」

車子開上坡道。這一帶有很多果園，學校舉辦的遠足帶我們來這裡採過好幾次蘋果

和櫻桃。

「轉彎了！鑽進旁邊的小路了！」

瑠夏大叫。我點頭表示知道了。

路面出現一塊果園的招牌，板子已是殘缺不全。

「小昴把車子停在那個入口附近。」

「好。」

那裡是果園的入口。但從那塊招牌殘破程度看來，或許已被棄置了。一進來就有一棟木構倉庫，後方有住屋，更遠處則是一片樹木。那些一定是蘋果樹。

還有，粉紅色的輕型汽車也在這裡。就停在住屋門前。

「你們絕對不可以下車！」

小淳刑警嚴詞囑咐後，打開車門踏出車外。雪鐵龍的後方傳來相當靠近的停車聲，我看了一眼側面的後視鏡，是權藤先生的 Land Cruiser。

權藤先生也從車裡飛奔出來。

「小昴，快看那邊！」

瑠夏挪到我旁邊，小聲說著。

只見粉紅色輕型汽車的車門從內推開，加島先生霍然衝了出來。

「加島！」

權藤先生大喝一聲。依然是那套皺巴巴的灰色西裝。他與小淳刑警並肩而立。

「兩位一起出動，想幹嘛？」

「喂！」

加島猛地跑向副駕駛座把門一拉，抓住阿姨的手臂將她拽出車外。

「不准過來！」

【那位女士沒受傷吧？】

爸爸低聲問道。

「受傷倒是沒有。」

「可是……」

瑠夏的語氣十分焦急。

加島先生用左手臂勒住阿姨的脖子。

「你們兩個千萬別過來。」

加島先生的右手握著一把刀。

「……是刀！他把刀架在阿姨的脖子上！」

【赤坂和權藤先生呢？】

「他們沒有採取任何行動。」

兩位都站在原地。

「加島……」

「不准動，動了我就宰了這個女的。」

聲音傳進車裡。他並未放聲咆哮，僅以平常的語氣陳述，聽起來愈發駭人。這表示他相當冷靜。

「加島，從那輛賓士已經搜出違禁物了，你還是放棄無謂的抵抗吧！」

權藤先生勸他投降。這麼說，看來真的從車門裡找到疑似違禁物了。

「權藤老兄，少騙人啦。假如真的搜出那玩意，早就出動一整個中隊的警車層層包圍，警笛聲吵翻天了；可是現在卻是安安靜靜的，什麼都沒聽見啊。」

他說得沒錯。這附近既沒有高聳的建築物又位於半山腰，如果山腳下發出那種刺耳的聲響，聲音會由下而上傳遞，應該聽得很清楚。

此時沒有聽到警車的鳴笛聲。

「爸爸，您能聽見警用頻道嗎？」

【怎麼可能！況且這輛雪鐵龍沒有那種設備。】

對喔，有道理。

「加島先生。」

是小淳刑警的聲音。

「我不懂你為了什麼而逃，一切都還來得及。頂多是手裡那把刀違反了《槍刀法》。」

「抱歉哦，這把刀就擺在車子裡，是這傢伙的東西，不是我的啦。」

從這個角度只能看見小淳刑警和權藤先生的背影。在他們兩位的中間可以瞥見加島先生和阿姨的臉。即便脖子上被架著刀，阿姨的神情仍是相當鎮定。

「要是傷了人可就是傷害罪了。瞧你那麼急著逃，表示你知道那輛賓士裡面藏著不該有的東西吧？」

這聲音是權藤先生。

「再耗下去也沒用，快趁罪加一等之前扔了那把刀。如同赤坂說的，一切都還來得及。賓士裡的東西不是你弄來的吧？而且你也沒參與運毒，不是嗎？」

加島先生的表情有些動搖。

「爸爸，您有辦法把『靈魂觸手』伸到那輛輕型汽車裡按喇叭嗎？」

【我可沒那個本事。一切只能交由赤坂和權藤先生處理了。你們兩個絕對不許下車！】

「我們不會的。」

瑠夏牢牢抓著我的手，我知道她很害怕，也緊緊地回握住她。眼下的狀況我們實在什麼忙都當不上。

只能在一旁乾著急的心情真的很不好受。

「我說加島啊，你該不會打算挾持人質頑強抵抗吧？沒有用的，這麼做只是徒勞。那不是你以前的女人嗎？你不是一直在找她嗎？好不容易才見到面了，讓她吃上這種苦頭不好吧？」

「閉嘴！」加島大吼。「你知道這個女人幹了什麼好事？她拐了我的錢哩！」

拐了他的錢？

「什麼？」

瑠夏忍不住發出聲音。我想權藤先生和小淳刑警這時同樣瞠目結舌。

阿姨只皺著眉頭。

「你說清楚是怎麼回事。」權藤先生稍稍抬起雙手。「你瞧，我們兩個都沒帶傢伙，身上也沒槍。你也看到了，今天輪休的赤坂穿的是便服。你用不著拿那玩意抵在脖子上，光是控制她的行動，我們就絕對不敢輕舉妄動，你說是吧？」權藤先生的聲音變得格外和藹。「有什麼委屈儘管說出來。先把刀子放下，那位小姐是無辜的。我們會聽你發牢騷吐苦水的。」

「說不定還可以酌情量刑喔！」

小淳刑警跟著勸說。

我可以看到加島先生嘆了一口氣。然而，他還是沒有放下刀，只是隱約可以感覺到他不再那麼用力。

「那是我的錢耶！」

「你倒是解釋一下是什麼錢呀。你之前被捕的時候根本沒提到這件事，警方也沒搜出鉅額現金。」

「權藤老兄，就算是我這種人也有親人，而且是正正當當的良民。他死了以後沒有其他親屬，所以遺產就歸我繼承了。即使是前科犯依然有繼承的權利吧？」

「那當然。」

權藤先生緩緩地點了頭。

「這女人趁我不在的時候捲款潛逃，偷走那筆錢了啦！」

那位阿姨真的做過那種事嗎？

「小昴。」

瑠夏輕聲喚了我。

「怎麼了？」

「隨便哪一位都好，拜託提一下那位阿姨的名字吧！到現在連她姓什麼都不曉得，聽著真難受。」

「真的。」

他們三人都沒有提及她的姓名。

「我懂了，所以你才在出獄以後拚命找她，就在今天碰巧找著了，可惜運氣不好也在同一時間被赤坂撞見了，當下你基於過去的習性將她推上車立刻駕車逃亡——這就是事情的經過吧？我明白你的委屈了，現在把刀放下吧。我們三個人，不，是四個人一起好好談。那間屋子是小姐的家嗎？」

權藤先生問道。對喔，到現在還不知道這裡是誰家。鬧出這麼大的動靜卻沒有人從屋裡出來探看，顯然屋裡沒人在。

阿姨緩緩舉起了手。

「是我家。」

我聽到一聲低沉的「唔」。一定是權藤先生的回應。阿姨從這場騷動的一開始就表現得泰然自若，儘管不願意被人拿刀架著脖子，卻沒有絲毫恐懼的神情。

「那好。加島，我們進去小姐家叨擾一下。你原本就是這個打算，才會來到這裡的吧。」

某一位的手機響了。小淳刑警看向權藤先生，一定是他的手機。

「加島，我可以接電話嗎？」

加島先生揚了揚下巴以示允許。權藤先生動作輕慢地將手伸進西裝內側的口袋，掏出手機。

「我是權藤。嗯。如何？出來了？知道了。」

權藤先生悄悄地給了小淳刑警一個眼神。

出來了——難道是指檢驗結果？我和瑠夏也互看一眼。

「你們那邊先做準備，我很快就會通知。對，辛苦了。」

權藤先生結束通話，嘆了氣。那聲嘆息我也聽見了。

「加島，很遺憾，從你剛才想領走的那輛車裡搜到的東西確實是毒品。你願意跟我們去一趟局裡，說明一下毒品的事和現在這個狀況嗎？」

果然沒錯，藏在那輛賓士裡的是毒品。

「跟我無關！」

我看到加島先生手臂上青筋隆起。方才稍微拿開的刀子，又一次湊近阿姨的脖子了。

「加島。」

權藤先生向前邁了一步。

「別過來！」加島先生喝了一聲。「退後！我要開車，你們兩個都往後退！」

「加島，事到如今就算逃也逃不了多遠，你不至於傻到連這個都不懂吧？」

權藤先生出言相勸，加島先生依然朝前走了一步。

「叫你退就給我往後退！……喂，移車！」

加島先生對著這邊喊。因為我的雪鐵龍堵住了出口。

「瑠夏，趴下去。」

「嗯。」

我這張臉反正已經被看見了，躲也沒用。正猶豫著不知道該怎麼辦才好，這時小淳刑警回頭向我點頭表示照做。

【慢慢往前開，速度要放到最慢。】

爸爸做出了指示。

「好。」

我用最慢的速度往前開了一小段路，騰出了讓裡面那輛車可以開出去的空間。不曉得兩位刑警先生接下來會如何應變。只見小淳刑警和權藤先生非常緩慢地往後退，但兩人的目光仍然緊盯著加島先生。

就在這個剎那。

權藤先生的手腕繞到後方臂部附近快速揮了一下。

好像是某種暗號。是對我下達的命令嗎？我完全不懂這個暗號的意思。

下一秒。

傳出了一個從沒聽過的聲響。

緊接在後的是一聲尖叫。
加島先生猝然扯聲嘶喊，摀著眼睛往後倒在地面了。
手裡的刀子也跟著鬆開，掉落在地。
小淳刑警以迅雷不及掩耳之勢疾奔，撲在加島先生身上。
權藤先生緊接著上去把刀子一腳踢得遠遠的。
阿姨隨即退開，仰靠在輕型汽車的引擎蓋上，手肘往後撐著身體。
權藤先生一起幫忙壓制加島先生。
「不准動！」
小淳刑警和權藤先生大聲喝令。
我還沒弄清楚剛才到底發生什麼事了。
「小昴！」
瑠夏大聲喚我，並且伸手指向停在雪鐵龍後方那輛權藤先生的車。
是 Land Cruiser。
而且有一支細長的管狀物正慢慢縮回那輛 Land Cruiser 的後座車窗。
那是……。

「步槍！」

【你說什麼？】

「我沒看錯吧？」

那確確實實是一柄步槍。

可是，為什麼會出現步槍呢？

Land Cruiser 的後車門被推開，走出一個人。

一位身穿西裝、銀白長髮紮成馬尾的清瘦男士。

「仁太先生？」

「仁太先生！」

【仁太？】

是不久前還在經營「奈特咖啡館」的仁太先生。他緩緩下車，看著我們。

「嘿，小昴、瑠夏！」

仁太先生揚起手，咧嘴而笑。他走過來將頭探進車窗，對著我和瑠夏招招手示意我們靠近。我們一起把臉湊過去。

「好久不見嘍。」

「您好。」

的確好久不見了。可是現在的重點是仁太先生為什麼會出現在這裡？為什麼會搭著權藤先生的車一起來呢？

「有件事要麻煩你們兩個。」

「您請說。」

「要仔細聽喔。」

「好。」

「你們剛才看到的事，一定要幫我保密。」

我們剛才看到的事……。

「您是說，那支步——」

仁太先生迅即伸出偌大的手掌摀住我的嘴巴，不讓我說完最後一個「槍」字。他滿面笑容地再度叮嚀：

「要・保・密！」

十二　從旅途歸來後踏上騎士之路

阿姨沒有受傷。

大家都鬆了口氣。瑠夏本來擔憂阿姨即使身體沒受傷，恐怕也會因為驚嚇而兩腿發軟，所幸阿姨始終神色自若，連落淚都沒有。小淳刑警也很關心阿姨的情況。從她對答如流的狀態看來，我們顯然是多慮了。

加島先生被權藤先生上了手銬，然後推入及時趕到的警車後座，就這樣帶回警察局了。我有生以來第一次目睹這樣的場面，沒想到嫌犯就逮之後竟然放棄掙扎，順從地坐進警車裡了。

「小昴，你這回可立下大功嘍！」

權藤先生走到雪鐵龍旁，笑著對我說。

「您過獎了，我沒幫上什麼忙。」

我只開了車而已。

「說不定上頭會頒發感謝狀喔，也會給瑠夏致贈一份。」

「不敢、不敢。」瑠夏一股勁地擺手。「真正有功勞的人是……」

我和瑠夏一致認為應當歸功於用步槍擊中加島先生的仁太先生。欲言又止的瑠夏望向站在權藤先生旁的仁太先生，他們兩位旋即伸出食指抵在嘴脣中央，意思是讓我們保守祕密。

「你們兩個聽好嘍！」

「好。」

「剛才那件事絕對不能洩露出去。為了確保調查流程的完備性，稍後也會請你們去做詳細說明。放心吧，沒意外的話應該是由我負責詢問。你們只要留意千萬別說出去就好。」

我和瑠夏互相看了對方一眼，用力點頭答應下來。

要我們保密的理由一定是因為持空氣步槍射人觸犯了法律。萬一這件事遭到揭發，仁太先生就要被問罪了。但是他開槍是為了救人，即使真的被發現了，最終仍應獲判無罪開釋。然而棘手的是，仁太先生目前在短期大學執教，這對他的職業生涯相當不利。

「可是，為什麼仁太先生會搭您的車來呢？」

「只是巧合罷了。」仁太先生帥氣地聳聳肩。「我帶那支器械去給人修好後回來，順道到赤坂食堂吃個飯，吃到一半權藤兄恰巧也進來店裡，於是吃完以後讓我搭個順風車，沒想到碰上了這樁案件。」

原來是這麼回事。

「想不到居然會遇到這種緊急狀況。」

「就是說嘛。」

老實說，我嚇出了一身冷汗。誰能料到事態會演變成這個結果呢？

小淳刑警和那位阿姨談了好一陣子，談完後小淳刑警走來這邊。

「權學長，您要一起走嗎？我要帶她回局裡。」

「這個嘛……」權藤先生側著頭想了想。「那筆錢的事嗎？她怎麼說？」

小淳刑警搖了頭。

「她說自己絕對沒做過那種事。她承認自己認識加島，但是這十幾年來從沒見過面，更別說雙方之間根本沒有加島所謂的男女關係。」

「嗯，和我掌握的線索基本相同。」權藤先生看著我和瑠夏。「至於他們兩個，只是無端被捲入這場風波，其實用不著請去局裡，不過形式上還是得做個筆錄。我現在得去讓加島那個傢伙把藏在車裡的玩意一五一十交代個清清楚楚。」

「好的。」小淳刑警點了頭。「那麼，這邊交給我幫那位小姐做進一步偵訊吧？小昴和瑠夏也一樣，等稍後吃飯時我再順便問他們。」

「吃飯？」

「即將開幕的奈特推出了新菜單，想請他們幫忙試菜。如果仁太先生有空，方便一起用餐嗎？」

「沒問題。」

對喔，小淳刑警是來找我和瑠夏去試菜的。

「對了，不如我們在這裡等您和阿姨談完？要是我們先出發，您從這裡回商店街很不方便吧。」

這一帶根本招不到計程車。小淳刑警看看四周，這才恍然大悟。

「那太好了！不過，你們不急著回去嗎？」

「一點也不急。應該不用太久吧？我們去車裡等。」

「這樣吧，請那位小姐一起坐進雪鐵龍。車裡有桌子，方便做筆錄。」

「全搭同一輛？」

權藤先生問道。

「她是無辜的受害者，也是小昴那裡的常客，一起問話應該沒問題。」

權藤先生尋思片刻，終於點頭同意了。

「好吧，就這麼辦。你今天輪休，方便臨時加班嗎？」

「您現在才想到未免太遲了。完成筆錄以後再提交給您。」

權藤先生駕著自己的 Land Cruiser 回局裡，其他人都坐上了雪鐵龍。

我在駕駛座，瑠夏在副駕駛座，後座是小淳刑警、仁太先生以及阿姨——那位到現在還不知道姓名的阿姨。

這樣的組合實屬罕見，十分奇特。

我和瑠夏從小就認識仁太先生這位花開小路商店街的知名人士，只是沒有機會和他說話。仁太先生是一位謎樣的男士，直到最近商店街上的人才曉得他居然是個射擊高手。他獲聘為簡稱為榛短的榛學園女子短期大學部射擊隊的專屬教練這件事一度成為商店街的熱門話題。

他曾在紐約擔任過射擊教官。至於為什麼一位擁有如此華麗履歷的專業人才，會變成經營一家說不清楚究竟是咖啡廳還是影音出租店的老闆，我真的不曉得這中間發生了什麼事。

仁太先生在商店街開店的時候總是一襲簡便和服，在當上教練以後換成西裝或是運動服，無論是哪一種衣著，在他身上都同樣瀟灑。

「小岩小姐，不好意思，需要請您提供更多細節。」

小淳刑警致了歉。阿姨淺淺一笑。

原來她的姓氏是小岩。想必小淳刑警稍早前問過了。

「您需要趕回去上班嗎？」

小岩小姐露出燦爛的笑容，答覆小淳刑警：

「沒關係的。」

「請問您從事什麼工作呢？」

我抓住這個機會，在駕駛座上開口請教。小岩小姐看著我，輕輕點頭。

「我開了一家盒餐店，你應該知道，丸一盒餐。」

「丸一盒餐！」

我不由得吃驚。

「原來那家盒餐店是您開的。」

小淳刑警說。

「是的。所以，我的職業可以說是經營者吧。」

小岩小姐太客氣了，她可是一位名副其實的老闆呀。

「我們吃過好幾次了喔！」

「太好吃了！」

我和瑠夏你一言我一語，逗得小岩小姐笑得很開心。

「謝謝你們的捧場。其實我有時候待在店裡的烹調區，所以看過你們來買便當。」

「真的嗎？可是我們從沒在那裡遇到您耶！」

小岩小姐抬起雙手分別遮住額頭和嘴巴。

「因為我工作時戴著帽子和口罩。而且來買便當的顧客，不會刻意往廚房裡面看吧。」

的確。

「所以您才會偶爾把車子停在我家的停車場嘍？」

「是呀。平常從家裡搭巴士上班，若是當天還要去其他地方辦事，就得開車出門了。」

車用收音機閃了閃。爸爸的推測是正確的，小岩小姐果然是商店的老闆。

「這麼說，您是烹飪專家。希望可以邀請您一起來幫忙試菜。」

小淳刑警提出邀約。小岩小姐笑了。

「不敢當，我哪裡稱得上專家呢。菜單研發都委託其他同事，我真的只負責經營而已。」

她雖如此自謙，畢竟開的是盒餐店，想必是喜歡下廚的人。那家店的便當真的非常美味可口。

「那麼，話題回到案件上。」

「請說。」

「您說已經有十幾年沒見過加島了，這段期間也沒有和他聯絡嗎？」

「完全沒有。」

小岩小姐表示，自己以前是一家精密機械相關公司的內勤職員，而加島先生當時常去那家公司。她只知道加島先生是老闆的朋友，並不清楚他的職業。

「加島藉由這層關係，向您提出了邀約嗎？」

「是的。」

小岩小姐當時比現在年輕一些，在看似風光的加島先生熱情邀請下和他吃過一兩頓飯，也一同小酌過，但兩人並未交往。當小岩小姐向公司遞辭呈的時候，兩人早已不再往來了。

「關於加島近日到處找您的舉動，您有想到什麼線索可以提供的嗎？為什麼他會對外表示您是他的女人呢？甚至還說您擅自拿走了大筆款項。」

小岩小姐一臉為難地側著頭思索。

「真的想不出任何線索。方才在停車場碰巧遇到加島先生時，我剛想起那張久違的面孔，馬上被他不由分說推回車裡，就這樣莫名其妙被帶走了。」

「您擔心反抗會發生不測，所以暫時配合他的行動。」

「是的。總歸是認識的人，我想弄清楚究竟是怎麼回事，就在車裡和他聊天。」

小岩小姐接著說，就在這個時候加島先生逼問她錢在哪裡。

「我完全一頭霧水，他立刻說出了一個人名字。那個人我也認識，是那家公司的同事小中小姐。加島先生就是從小中小姐口中得知了我的去向。」

小淳刑警嘴裡反覆唸誦著「小中」這個姓氏。

「小淳刑警，那個架子上有便條本。」

「喔，謝謝。」

我從後視鏡看到小淳刑警從架子拿了便條本和原子筆。他今天輪休，沒有隨身攜帶那些文具。

「她的名字是小中多惠子。我們一起住在那家公司附近的公寓。」

「兩位情同姊妹嗎？」

「我和她只是剛好在同一時期跳槽到那家公司上班，年齡也相同，而且都搬進同一棟公寓。我們之後聊起來，覺得一起住可以省房租，多存些錢下來。」

小淳刑警邊聽邊將這些資訊抄在便條本上。

「比起我，那位小中小姐和加島先生更熟。其實，她和加島先生當時……呃……」

小岩小姐支吾其詞，朝我和瑠夏投來一瞥。

「……應該有親密關係。」

原來是關於那方面的事。小岩小姐多慮了，我雖然有張娃娃臉，但也已經高中畢業，談論那類話題並不覺得尷尬。

「我之所以說『應該有』，原因是雖然和她住在一起，但是彼此的交情並沒有熟到可以商量親密異性的話題。儘管我們那時候都不是小女孩了。」

小岩小姐接著補充，有些事她很少向人提起。她和小中小姐都和親人緣分淺薄，幾乎是孤伶伶地活在世上。所以，兩人單純只是為了多存些錢而住在一起的室友。

「剛才加島先生告訴我，他是從小中小姐那裡探聽到我的消息，所以才拚命找我的。」

我可以感覺到小淳刑警陷入深思。

「那位小中小姐現在在哪裡？」

「她……」小岩小姐輕輕嘆氣。「之前聽說已經過世了。」

「過世了？」

「我們住在一起一年左右。小中小姐先辭職，搬走了。我沒有直接問過她，但猜想她大概和加島先生一起生活了。自從她搬離以後，我們就沒繼續聯絡。直到兩三年前吧，偶然遇到以前的同事，這才聽說了她生病過世的消息。」

原來是這樣的。

「是那位小中小姐說小岩小姐把錢拿走的嗎？」

「這部分我沒問，並不清楚。加島先生逃走時情緒非常激動，我試圖讓他冷靜下來，於是拜託他把車開去我家，有話慢慢說。所以才會……。」

「所以才會開往您府上了。加島發現了我們開著這輛車在後面追嗎？」

「我覺得他應該沒發現。因為直到開到我家，他才突然慌張起來。」

「原來他沒發現。」

小淳刑警點著頭。

「依照目前的線索判斷，可能是那位小中小姐和加島之間有金錢糾紛，由於某些誤會而導致無辜的小岩小姐受到牽連。」

面露苦惱之色的小岩小姐輕輕點頭。

「以目前而言，我只能說或許是那樣吧。」

☆

一回到停車場，趕緊先向弦爺和中村先生報告大家都沒有受傷，事件順利落幕。當然，沒有提到仁太先生的事。

原本停在停車場裡的那輛賓士已被警方帶走。弦爺說，等那個案子處理完，權藤先生會過來告訴我們後續狀況。權藤先生還特地叮嚀，雖然我只是出借車位，應該不至於遇到麻煩，但萬一覺得有任何不太對勁，一定要馬上通知警方。他還說，隸屬於不同部門的小淳刑警也會幫忙留意周遭的動靜。

到了傍晚，我把停車場交給弦爺，自己和瑠夏一起來到奈特咖啡館試新菜色。

這是我第一次踏進奈特咖啡館。以前經常路過，可以感覺得到店裡的氣氛，如今變得煥然一新，格外明亮。

過去一整面牆滿滿的都是錄影帶和ＤＶＤ，現在那些東西都收進倉庫裡，掛上許多畫作和藝術品，簡直像一家畫廊。

三毛小姐從事美術相關行業，本身也創作了大量作品。蛻變後的奈特將會成為一個展示藝術作品以及舉辦現場表演的空間。

「嚇壞了吧？」

三毛小姐以這句話歡迎我們的歸來。我和瑠夏也笑著說真的嚇壞嘍。小淳刑警基於偵察不公開的守則，不便透露偵辦細節，只說了在權藤先生的詳細詢問下，加島先生對所有的疑點都給出了答覆。結果正如我們在開車回來途中所推測的，小岩小姐只是平白被捲入其中。警方也已致電告知了小岩小姐。真為她感到慶幸。小岩小姐是好人，希望她以後依然願意光臨維特泊車。

「請問什麼時候開幕呢？」

瑠夏問了三毛小姐。

「再過一陣子吧。二樓的住處還在改裝。」

店鋪二樓將成為三毛小姐和小淳刑警的新居。原本住在那裡的小望哥移到赤坂食堂的二樓，仁太先生則搬去榛短的教職員宿舍。小梢從專業學校畢業以後，應該就會成為這裡的正式員工了。

這家奈特咖啡館最原始的裝潢屬於美式殖民風格，我們試吃的新菜單為配合店內的整體氛圍而選擇了漢堡和熱狗堡。麵包都是手工揉製烘烤而成的。漢堡簡直是人間極品，熱狗堡裡面還可以置換各種餡料，好吃得亂七八糟的。要是確定推出這兩道餐點，我一定每星期上門好幾趟。

試菜的人包括我、瑠夏、仁太先生、小淳刑警、小梢以及三毛小姐。大家嚐完以後分享感想，接著小淳刑警形式上再次向我和瑠夏確認了稍早前的一些細節，那起風波算是告一段落了。

「剛才那位小岩小姐，」仁太先生問我，「你還記得她大約是從什麼時候開始常去停車的嗎？」

「記不太清楚了，大概是從那家盒餐店開張以後吧。」

「這樣啊。」

仁太先生徐徐點頭。

「怎麼了嗎？」

小淳刑警詢問。仁太先生輕輕搖了頭。

「沒什麼。只是覺得她似乎另有隱情。」說著，仁太先生看著我笑了笑。「我只是有點好奇為何她身上會散發著一種曾經歷盡滄桑、如今已然克服重重逆境的氣息罷了。」

「我也這麼覺得。」

小淳刑警點頭附和。

告辭了奈特咖啡館，瑠夏直接回家，我則返回雪鐵龍的駕駛座一如往常等候顧客上門。我告訴爸爸奈特咖啡館的新餐點滋味好極了，還有小岩小姐果然只是受害者。爸爸也說太好了。

車用收音機亮了幾次，我以為爸爸還要說什麼，結果不是。我不經意地抬頭一望，恰巧看到三毛小姐朝我走來，我趕緊下了車。

「三毛小姐？」

「再打擾一下喔。」

我正納悶著三毛小姐有什麼事找我，她把一個以褐色紙張包裹的東西交到我手裡。

「這是用試菜剩下的材料做的，給你當消夜。」

「不好意思，謝謝。」

我揭開包裝紙一看，裡面是夾著各種餡料的三明治，真讓人食指大動。不過，為什麼要特地送消夜給我呢？

「瑠夏回去了嗎？」

「回去了。」

當鋪庫房上方的瑠夏房間是暗的，她不是在客廳就是去洗澡了。三毛小姐也隨著我抬頭望去，輕輕點了頭。

「小昴是在田沼家的守護之下長大的吧？」

說完，三毛小姐看著我，微微一笑。

她說得沒錯，我只能點頭承認，卻覺得她話中有話。

「有件事希望你聽完不要告訴別人。我的工作之一是接受委託，守護目標對象。」

「守護目標對象？」

「在英國，這種職業被稱為『守望者』。日本人對這個行業很陌生。工作內容如同職業名稱，就是在不讓目標對象察覺的前提之下，予以嚴密保護。」

原來有這種行業哦。沒想到三毛小姐還從事這樣的工作。也許就是這個因素，使得大家都覺得她是個神祕的美女。

「您的工作範圍真廣泛，除了這個工作，有時候是音樂人，有時候又是畫家。」

三毛小姐露出微笑。

「接下來還要當奈特的老闆呢。開幕以後，要和瑠夏常來光顧喔。來找小梢玩吧」

「我們一定去！」

「等你們來喔！」

三毛小姐揮著手，走回商店街。三毛小姐的腳步十分輕盈，真像一隻貓。我猜她一定很擅長運動。

我回到駕駛座，車用收音機亮了幾下。

「您聽到我們的對話了嗎？」

【聽到嘍。】

「三毛小姐的工作還真特別，叫做守望者，負責守護目標對象。」

【是啊。】

爸爸沉默片刻，車用收音機仍然不停閃爍。

【小昂。】

「什麼事？」

【你媽媽……】

「嗯？」

我等著爸爸往下說，他卻又一次緘默不語。

「怎麼了嗎？」

【假如媽媽來見你，你打算怎麼辦？】

「呃……」

【我是說『假如』。你應該想像過那樣的場景吧？】

那樣的場景我當然在腦中模擬過無數次了。

「我不會哭也不會生氣。當然了，那也得看我們是在什麼情況之下見到面的。如果媽媽來找我，我願意和她見面，好好談一談。」

【這樣啊。】

「嗯。為什麼要問這個問題？」

【沒什麼。】

車用收音機閃了幾下。

【即使媽媽真的回來見你了，爸爸和她說話大概不太妥當吧。】

「大概不太妥當。」

要是媽媽忽然聽到爸爸的聲音，恐怕會嚇得昏過去；即使解釋給她聽，也無法和曾在寺裡修行過的稻垣先生一樣立刻接受這個事實，屆時或許會衍生出難以收拾的棘手狀況。

【小昴，爸爸只是覺得，媽媽似乎知道我的死訊。】

「真的嗎？」

這是我第一次聽爸爸這麼說。其實媽媽要知道這件事並不難，只要打聽一下就曉得了。

「可是，爸爸是怎麼知道的？您看到媽媽了嗎？」

【我沒看到她。不過你和弦伯去掃墓的時候，常發現墳前已經供著花了吧？但是不知道是誰來過。】

「的確有人供花。」

麥屋家的親戚幾乎都不在了，所以沒什麼人會去祭拜家墓，甚至可以說，只剩下我和弦爺會去掃墓而已。可是我們到的時候，往往已有鮮花供著了。

【弦伯猜想可能是你媽媽。由於不曉得供花的人是誰，他曾向寺裡的人打聽有沒有看見是什麼樣的人來過。】

「結果……」

【沒錯，供花的人是女士。弦伯還記得你媽媽，聽寺裡的人描述的樣貌，似乎年紀相仿，所以覺得說不定是她。】

「原來如此。」

對喔。我從沒想過弦爺當然認識媽媽。媽媽是怎麼知道爸爸離開人世了呢？是從誰那裡聽說的呢？又或者是她偶爾會來這一帶呢？

一陣靜默過後，車用收音機又閃了幾下。

【小昴。】

「嗯？」

【媽媽或許一直遠遠地看著你。或許，只是或許，媽媽很後悔離你而去。這麼多年過去，她不好意思來見你，只敢遠遠地凝望著你、守護著你。小昴，如果真是這樣……】

「嗯。」

【……如果真是這樣，爸爸希望你不要責備她憑什麼回來找你。】

我知道，爸爸一點都不恨媽媽。爸爸說過很多次了。

「不會啦。」

我也一樣，對媽媽沒有怨恨。

如果媽媽來見我，我願意和她好好談一談。

「爸爸。」

【嗯？】

「我明白您為什麼要談這些。」

【明白嗎？】

當然明白。

【你認為是剛才三毛小姐說的那些話嗎？】

「才不是呢！」

好吧，並不是完全無關。

「今天白天，我隱約感覺到了。」

【白天？】

「當我聽到丸一盒餐老闆的姓氏是小岩的時候，腦中忽然閃過一個念頭。媽媽結婚前的姓氏就是小岩，對吧？」

爸爸三緘其口。

然而車用收音機卻急遽閃爍。

【原來你曉得媽媽婚前的姓氏。但是爸爸沒有印象有告訴過你。】

「是我問爺爺的，問到之後就一直記在心裡。所以，那位小岩小姐說不定就是媽媽？」

我彷彿聽見爸爸的嘆息。那是耳朵聽不到的深深的嘆息。

小岩這個姓氏並非極為罕見，倒也不是隨處可見。因此的確不無可能。

【但是聲音完全不同。】

「嗯。」

小岩小姐是沙澀低沉的菸酒嗓。

【髮型不一樣，平常的態度也不像，所以我之前渾然不覺。直到她今天坐上雪鐵龍，我才第一次看到她的長相。】

「是啊。」

過去她來停車時，爸爸根本看不到她的正面。

【後視鏡偶爾映著她的身影，但僅是匆匆一瞥，沒法看個仔細。或許可以說是長相神似的陌生人吧。】

「不過，真的很像媽媽，對不對？」

爸爸又一次嘆了氣。

【真的……很像。】

小岩小姐與我遇過好幾次了。我們打過照面，也聊過幾句，但她從未多說些什麼，只是面帶微笑讓我工作加油。

「她看起來很溫柔，還具有領導風範。」

【是啊。】

一位溫柔又堅毅的女性。靠一己之力經營盒餐店，在人生之路上拚命活出自我的女性。

不曉得她為什麼要選在那裡、選在維特泊車的對面開了盒餐店。坦白講，那個位置並不是個適合經營盒餐店的地點。

她心地善良。如果她是個母親，不僅會疼惜自己的兒女，也會竭盡全力保護別人的孩子。對此，我已有切身的體會。

「還有那個穿得一身黑的女人。」

【你是說那個踢飛中村的人嗎？】

對，那個像黑貓的女人。

「我猜那個人可能是三毛小姐。之前就隱約有這種感覺，但實在想不出理由，所以一直放在心裡沒說。既然她從事守望者的工作，那麼說不定……」

【嗯。】爸爸說道，【或許她接受了某人的委託，一直在暗中守護著你。】

「或許吧。」

很可能那件委託案已經結束了，所以三毛小姐才會來告訴我那番話。

她想讓我知道，我的母親委託她——

請守護我的兒子！

「爸爸。」

【嗯？】

「人生百態，這句話是真的。」

【是啊。】

本条爸爸的人生。南龍拉麵店老闆哥哥的人生。稻垣先生、中村先生以及三毛小姐的人生。

還有，媽媽的人生。

至於爸爸的人生，稱得上發生了翻天覆地的變化。

「爸爸。」

【嗯？】

「要不要去旅行？」

【旅行？】

「對，旅行。開這輛雪鐵龍。隨心所欲，暢遊全國各地。就我們父子倆。」

我從來沒和爸爸一起旅行。

爸爸一直是大家的「老師」，而他也熱愛這份教學工作，然而某天忽然住進了醫院。在爸爸住院後就由爺爺照顧我。我每天都去探望爸爸，待在病房裡看書。爸爸看完的書我也跟著全部看過一遍。日子也就這樣一天天過去了。

「我並不討厭停車場的工作，就這樣繼續經營下去也不錯。」

只是，開始這份工作以後，經歷了不少事情。

「我深深感受到，自己雖然從高中畢業進入社會了，其實還是一個沒受過歷練的小孩。」

【的確。】

「爸爸，您以前也沒機會旅行吧？」

【想一想，確實不曾真正地旅行過。】

爸爸雖已過世，但靈魂還留在這裡。

我怎麼想都想不透為什麼會這樣，不過，原因之一必定是爸爸牽掛著我，實在不放心拋下這個年幼的兒子。

所以，爸爸留在這裡。

我不知道這對爸爸來說究竟是好是壞，唯一可以確定的是，這種狀態非比尋常。

我想過，假如……我是說假如，有一天爸爸覺得我一個人過日子也沒問題了，或許就能卸下心頭的重擔了。

「我們漫無目的到處逛。爸爸可以從後視鏡裡欣賞風景，也可以透過車用收音機聽到外面的聲音。乾脆這樣吧，在車上裝一面大鏡子讓爸爸看個夠！」

【這樣可以身歷其境地享受美好的景色呢！】

「旅途中只需要付我的餐費，晚上就睡在車裡所以不必花住宿費，較大的支出只有油錢嘍。」

【如此算來，即便環遊全國也花不了多少錢。】

「對吧？」

【我們出門這段期間，停車場就麻煩弦伯和中村多擔待了。】

「爸爸和弦爺不是常告訴我，如果有其他想做的事儘管放手去做嗎？」

【是啊。】

我其實並不覺得去趟旅行回來會有多麼大的改變。

【旅行……】爸爸囁囁說道，【挺不錯的。】

「不錯吧？」

【若是真要出發，不帶瑠夏一起去……這樣好嗎？】

我也不確定。

「如果告訴她，一定會嚷嚷著她也要去。要邀她嗎？」

車用收音機亮了又亮。

【邀她吧，三個人一起去旅行！】

「好，就這麼辦！」

這裡就是我家，一切應有盡有，根本不需要打包行李。只要向大家打聲招呼說要去旅行一陣子，即使明天就出發也不成問題。

況且，維特泊車就在這裡，玩累了可以隨時回來。

Epilogue

停車場地面的落葉愈來愈惹眼了。花開小路商店街附近可說是鬱鬱蔥蔥。商店街後方的私人住宅裡種著許多樹木，而商店街靠近維特泊車這邊也有夾道的街樹。

這使得大量落葉隨風捲進了有著寬廣空地的停車場。若是置之不顧，降雨過後落葉會漸漸腐爛，所以每天都得勤勞打掃才行。

今天照例一早就和弦爺一起清掃落葉。鬆一口氣的弦爺慶幸我在仲秋時節之前回來了。

「為什麼？掃葉子太麻煩了？」

「不，是因為太冷了。」

「對哦，我沒想到這個。」

我和瑠夏開著雪鐵龍暫時離開的期間，弦爺和中村先生在原本的車位擺了個鐵皮亭充當繳費亭。那個鐵皮亭已經殘破不堪，早該送去回收場了。

也因此，待在鐵皮亭裡簡直苦不堪言。夏天熱到險些中暑，到了九月底開始吹起寒風的日子又冷得直打顫。

「對不起，就這麼把停車場扔給了您。」

弦爺笑了。

「沒那回事，我和中村小老弟過得挺逍遙的哩！」

中村先生是日本象棋的高手，弦爺也喜歡下棋。這段時間裡，兩人於照顧生意的空檔幾乎一整天都在切磋棋藝，樂此不疲。

商店街上的棋迷紛紛聞訊而來，自發性地辦起了弈棋淘汰賽，來停車的顧客也有不少同好。就這樣，這座可供露天對弈的停車場躍上了本地免費贈閱報紙的新聞版面，甚至廣播節目都做了特別報導。

結束旅程以後，雪鐵龍本該停回這個位置，但總不能讓這項休閒活動就此消失，於是打算讓鐵皮亭留在原處。不過天氣愈來愈冷，說不定得將棋賽移到雪鐵龍裡面進行。

另一個辦法是在外面擺個超大型的暖爐。

「嘿，久等嘍！」

中村先生帶來大垃圾袋。我們把落葉掃進袋裡，等到收垃圾的日子再拿去丟。

「你今天要去奈特幫忙吧？」

「對，我去那邊嘍。這裡就麻煩兩位了。」

「ＯＫ！」

中村先生朝我豎起大拇指。

旅程中，我和爸爸及瑠夏討論過，這座停車場裡有兩位技術精湛的汽車維修技師，只請他們看顧停車場簡直埋沒人才。雖然沒有足夠的資本在這裡重新打造一座保修廠，不妨利用停車場的空間做些檢查、維修或換輪胎之類的簡易修繕。我正在構思這項計畫。

如此一來，中村先生就可以一直留在這裡工作了。

原本的奈特咖啡館即將全新開幕，我暫時去那邊幫忙一陣子。

要做的事情千頭萬緒，光靠三毛小姐和小梢兩個人實在忙不過來，但又沒有多餘的預算雇用兼職人員，於是小梢來向我求援。我沒想要成為正式員工，只在開幕前後合計一個月左右過去幫忙。反正我喜歡音樂，對繪畫藝術也不排斥，恰好藉助這個機會拓展知識領域。

爸爸也贊成我的決定。我想瑠夏也會天天上那裡報到吧。

奈特咖啡館的新店名是「Knightart」。

寫成漢字是「騎士藝」。

這是三毛小姐用「騎士」和「藝術」新造的複合詞。

這陣子，我打算在那邊待一段時間。

PL00093

花開小路三丁目北角的小昴

作　者—小路幸也
譯　者—吳季倫
編　輯—黃煜智
校　對—魏秋綢
插　畫—上杉忠弘
封面設計—楊珮琪
內頁排版—陳恩安

總編輯—龔橞甄
董事長—趙政岷
出版者—時報文化出版企業股份有限公司
108019 台北市和平西路三段二四〇號七樓
發行專線—（〇二）二三〇六六八四二
讀者服務專線—〇八〇〇二三一七〇五
（〇二）二三〇四七一〇三
讀者服務傳真—（〇二）二三〇四六八五八
郵撥—一九三四四七二四時報文化出版公司
信箱—10899 臺北華江橋郵局第 99 信箱

時報悅讀網—http://www.readingtimes.com.tw
思潮線臉書—https://www.facebook.com/trendage
法律顧問—理律法律事務所　陳長文律師、李念祖律師
印　刷—勁達印刷有限公司
初　刷—二〇二二年四月八日
定　價—新台幣四二〇元
（缺頁或破損的書，請寄回更換）

時報文化出版公司成立於一九七五年，
並於一九九九年股票上櫃公開發行，於二〇〇八年脫離中時集團非屬旺中，
以「尊重智慧與創意的文化事業」為信念。

花開小路三丁目北角的小昴 / 小路幸也著 ; 吳季倫譯 .
-- 初版 . -- 臺北市 : 時報文化出版企業股份有限公司,
2022.03
面 ;　公分
譯自 : 花咲小路三丁目北角のすばるちゃん
ISBN 978-626-335-057-1(平裝)

861.57　　111001686